光文社文庫

女殺し屋

新・強請屋稼業
『殺し屋刑事 女刺客』改題

南　英男

光　文　社

この作品は、二〇一六年十二月に刊行された『殺し屋刑事　女刺客』に著者が大幅加筆修正して改題したものです。

この物語はフィクションであり、登場する人物名および団体名、事件名は実在するものと一切関係ありません。

目次

『女殺し屋　新・強請屋稼業』おもな登場人物

百面鬼竜一……………警視庁新宿署の刑事。
見城　豪……………元刑事の私立探偵。百面鬼は、強請屋の仲間。
郷　卓司……………警視庁公安部公安第三課の捜査員。百面鬼の警察学校の同期。
唐津　誠……………毎朝日報遊軍記者。
佐竹久乃……………百面鬼竜一の恋人。
松丸勇介……………百目鬼、見城の友人で、盗聴器ハンター。前回の事件で殺された。
伊集院七海……………ケーブルテレビ局のアナウンサー。松丸勇介の弟子。

女殺し屋

新・強請屋稼業

第一章　偽入管Gメンの暴挙

1

ピッチング・マシーンが唸《うな》った。

最後の投球だった。百面鬼竜一《どうめきりゅういち》はバットを構え直した。

すでに五十球近く打ち返していたが、まだ一度も天井のネットを叩いていない。低めのライナーばかりだった。新宿歌舞伎町二丁目にあるバッティングセンターだ。

七月上旬の夕方である。まだ梅雨《つゆ》は明けていなかったが、ひどく蒸し暑かった。

球《ボール》が迫った。

百面鬼は力まかせにバットを振った。なんの手応《てごた》えもない。バットは球を掠《かす》りもしなかった。

「くそったれ！」

百面鬼はバットを足許《あしもと》に叩きつけ、手の甲で額の汗を拭《ぬぐ》った。

バッターボックスを離れたとき、金網《フェンス》の向こうをランジェリー姿の若い外国人女性が走り抜けていった。百面鬼は一瞬、わが目を疑った。だが、幻影を視《み》たわけではなかった。

駆け抜けていった女性は、なんと黒いブラジャーとパンティーしか身に着けていない。南米系の容貌《ようぼう》だった。
二十三、四歳だろうか。グラマラスな肢体《したい》だった。髪はブロンドだったが、地毛《じげ》ではなさそうだ。多分、染めているのだろう。女は誰かに追われている様子だった。
百面鬼は視線を巡《めぐ》らせた。

左手の職安《しょくあん》通りの方向から、二人の男が走ってくる。どちらも柄が悪い。堅気《かたぎ》ではないだろう。ともに二十代の後半と思われる。街娼《がいしょう》が地回りの若い衆に場所代《ショバ》を払わなかったのか。

百面鬼はバッティングセンターを飛び出し、近くの区役所通りまで疾駆《しっく》した。

二人の男は何か大声で喚《わめ》きながら、ランジェリー姿の女性を追っている。百面鬼は男たちを追いかけはじめた。

助走をつけて高く跳《と》び、紫色のシャツを着ている男の背に飛び蹴りを見舞う。

男は両腕で空《くう》を掻《か》きながら、前のめりに倒れた。顔面をまともに打ちつけたらしく、長く呻《うめ》いた。男の相棒が立ち止まって、体ごと振り向いた。派手な縞柄《しまがら》のジャケットをTシャツの上に重ねている。

百面鬼はその男に走り寄って組みつき、大腰《おおごし》で投げ飛ばした。転がった男の腹を蹴り、逃げる女性を追う。

気配でブロンドの女性が振り向いた。整《ととの》った顔が引き攣《つ》る。どうやら二人組の仲間と思われたようだ。ランジェリー姿の彼女は全力疾走しはじめた。

自分は堅気には見えないのだろう。百面鬼は苦笑して、外国人女性を追いつづけた。

彼女は人波を縫いながら、懸命に逃げていく。

百面鬼は新宿署刑事課強行犯《きょうこうはん》係の刑事だが、風体《ふうてい》は筋者《すじもの》そのものだ。剃髪頭《スキンヘッド》で、いつも薄茶のサングラスをかけている。身なりも常に派手だった。目立つ色の背広を好んで着込み、左手首にはオーデマ・ピゲの宝飾時計を嵌《は》めている。

きょうは麻の白いスーツで、シャツは黒だ。ネクタイは黒と山吹《やまぶき》色のプリント柄である。靴は白と黒のコンビネーションだった。だいぶ昔のギャングのような身なりだ。

百面鬼は四十五歳で、肩と胸の筋肉が厚い。身長は百七十三センチだが、体重は八十キロを超えている。がっしりとした体型だった。

金髪の女性は風林《ふうりん》会館の横で通行人とまともにぶつかり、舗道に倒れた。百面鬼は走り寄って、彼女を摑《つか》み起こした。

「放して！　わたしに変なことする。それ、よくないこと。あなた、警察に捕まるよ」

外国人女性が日本語で言った。幾分《いくぶん》、たどたどしかった。

「こっちは捕まえるほうだ」

「それ、何？　意味、わからない」

「おれは警察の人間だってことだよ」

「それ、嘘《うそ》ね。どう見ても、あなたはやくざ《ギャングスター》だもの」

「やっぱり、そう見えるか。けど、おれは刑事《コップ》なんだ」

百面鬼は上着のポケットから警察手帳を抓《つま》み出し、短く呈示した。

「わたし、あなたに謝る。ごめんなさい」

「いいさ、気にするなって。それより、二人の男になんで追われてるんだ？」

「その質問に答える前に、わたし、あなたにお願いあります」

「何をしてほしいんだ？」

「あなたの上着、ちょっと借りたい。こんな恰好《かっこう》じゃ、わたし、恥ずかしいよ」

女性が両腕を交差させた。豊満な乳房の谷間が一段と深くなった。

いつの間にか、周りに野次馬《やじうま》が群れていた。

百面鬼は上着を脱ぎ、金髪女性に渡した。相手が礼を言って、上着の袖に腕を通す。ボタンを掛けると、黒いパンティーは隠れた。

「ここじゃ目立つな。脇道に入ろう」

百面鬼は、女性を近くの路地に導《みちび》いた。さすがに野次馬は従《つ》いてこなかった。

二人はたたずんだ。

「コロンビア人かな？」

「そう。わたしの名前、カテリーナね」

「さっきの二人は、大久保一帯を縄張り《シマ》にしてる吉見《よしみ》組の若い衆なんじゃないのか？」

「それ、違う。あの男たち、偽の入管Gメンね」

「偽の入管Gメン？」

「うん、そう。あいつら、東京入管（東京出入国在留管理局）の職員になりすまして、百人町《ひやくにんちよう》のわたしのアパートを訪ねてきた。それでお金を奪《と》って、それから……」

カテリーナが言い澱《よど》んだ。

「そっちをレイプしようとした？」

「そう。わたし、体売ってる。だけど、只《ただ》ではセックスさせない。だから、トイレに行かせてって嘘ついて、部屋から逃げてきたね」

「そうだったのか」

百面鬼は周囲を見回した。さきほどの男たちの姿は目に留《と》まらなかった。

およそ半年前から、東京出入国在留管理局のGメンを装った犯罪集団が大久保や百人町に住む不法滞在の中国人、コロンビア人、イラン人、韓国人、ネパール人、パキスタン人などから現金を奪うという事件が続発していた。上海《シャンハイ》マフィアやコロンビア人犯罪集団のアジトも襲われ、各種の麻薬や拳銃も持ち去られている。

新宿署と本庁組織犯罪対策部が合同捜査に当たっているが、いまも犯人グループは検挙されていない。

「わたしの友達のマルガリータ、先月、偽入管Gメンたちに冷蔵庫の中に隠してあった三百五十万円、そっくり奪《と》られた。それだけじゃないね。マルガリータ、三人の男に輪姦《マワ》された」

「ひでえことをしやがるな」

「マルガリータのお父さん、体よくない。肝臓癌《かんぞうがん》なの。病院のお金、マルガリータがずっと払ってた。でも、もうコロンビアにお金送れない。マルガリータのお父さん、病院にいられなくなる。マルガリータとお父さん、とてもかわいそうね。警察、早く悪い男たちを捕まえて」

「そのうち犯人グループはひとり残らず逮捕《パク》られるだろう」

「偽入管Gメンたち、やり方が汚いよ。不法滞在してる人たち、誰も警察に相談できないよ。だから、日本の言葉で……」

「泣き寝入りだな？」

「そう、それね。わたしも六十三万円持っていかれた。すごく悔しいよ」

「さっきの奴らがまだ近くにいるかもしれないな」

「あなた、わたしのお金取り返して。お願い！」

カテリーナが縋《すが》るように言い、百面鬼の片腕を取った。

百面鬼は黙ってうなずき、カテリーナとともに区役所通りに戻った。いつしか夕闇が濃くなっていた。職安通りまで歩いてみたが、例の二人組はどこにもいなかった。

「逃《フ》げ《ケ》られたようだな。けど、いつか必ず捕まえてやる」

「そうして」

「アパートまで送ってやろう」

百面鬼は言った。覆面パトカーは、バッティングセンターの側《そば》の裏通りに駐《と》めてあった。オフブラックのクラウンだ。

同僚の刑事たちは、ワンランク下の車を職務に使っている。百面鬼は署長の弱みを切札にして、自分用の覆面パトカーを特別注文させたのだ。前例のないことだった。

百面鬼は、真面目な刑事ではない。

やくざ顔負けの悪党だ。生活安全（旧防犯）課勤務時代から数々の悪行《あくぎょう》を重ねてきた。管内には、百八十近い暴力団の組事務所がある。

百面鬼はすべての暴力団から金品を脅し取り、押収した薬物や銃刀は地方の犯罪組織に売り捌《さば》いていた。結構な小遣いになった。

また百面鬼は、歌舞伎町のソープ嬢や風俗嬢とはほとんど寝ている。そうした店のオーナーたちの弱みにつけ入って、ベッドパートナーを提供させるのだ。

当然、ホテル代は先方持ちだった。それどころか、逆に〝お車代〟を平然と要求することも少なくない。

百面鬼は、練馬《ねりま》区内にある寺の跡継《あとつ》ぎ息子だ。

僧侶《そうりょ》の資格は持っているが、仏心《ぶっしん》はおろか道徳心の欠片《かけら》もない。並外れた好色漢で、金銭欲も強かった。標的が救いようのない極悪人ならば、ためらうことなく葬《ほうむ》ってしまう。

百面鬼は偽善を嫌悪している。照れ隠しにことさら悪人ぶっているが、冷血漢ではない。気を許した者には温《あたた》かく接している。

ただ、口が悪い。そのせいで相手に誤解されることが多かった。損な性分だろう。

刑事課に異動になったのは二年半以上前だ。長く同じ所轄署に留《とど》まっているのは、引き受けてくれる署がないからだ。レアケースだった。

強行犯係はいつも忙しい。だが、百面鬼はほとんど職務をこなしていなかった。もっぱら強請《ゆすり》やたかりに励《はげ》んでいる。

言うまでもなく、鼻抓《つま》み者の百面鬼とバディを組みたがる同僚はひとりもいなかった。署内では厄介者《やっかいもの》扱いされていたが、当の本人は意に介していない。孤立していることで悩んだ覚えはなかった。独歩行《どっぽこう》を愉《たの》しんでいる。

百面鬼はまだ警部補だが、態度は大きい。職階の上の者と廊下で擦れ違っても挨拶《あいさつ》どころか、目礼すらしなかった。喋《しゃべ》るときも敬語は使わない。

警察は軍隊と同じで、徹底した階級社会である。

上司と対等の口をきくことは許されない。そんなことをしたら、有形無形の厭《いや》がらせをされて職場に居づらくなる。しかし、百面鬼は傍若無人《ぼうじゃくぶじん》ぶりを発揮しても誰からも咎《とが》められることはなかった。それは、彼が警察官僚《キャリア》たちの弱点を押さえているからだ。

法の番人であるはずの警察にも、さまざまな不正がはびこっている。腐敗《ふはい》しきっていると言っても過言ではないだろう。

大物政財界人の圧力に屈《くつ》し、捜査に手心《てごころ》を加えてしまうケースは珍しくない。そのことは、いまや公然たる秘密だろう。

収賄《しゅうわい》、傷害、淫行《いんこう》、交通違反の揉み消しは、それこそ日常茶飯事だ。エリート官僚が引き起こした轢《ひ》き逃げ事件が故意に迷宮入りにされた事例もある。

警察官僚たちは手を汚す見返りに、現金、外車、ゴルフの会員権、クラブセット、高級腕時計、舶来服地などをこっそり貰《もら》う。不況の出口が見えないからか、悪徳警官の数は年々増えている。

銀座や赤坂の高級クラブを飲み歩き、その請求書を民間企業に付け回す不心得者は増加する一方だ。汚れた金で若い愛人を囲っている警察官僚もひとりや二人ではない。

百面鬼は、そうした不正や醜聞《スキャンダル》の証拠を握っていた。

そんな裏事情があって、現職警官・職員の犯罪を摘発している本庁警務部人事一課監察だけではなく、警察庁の首席監察官さえ百面鬼には手を出せないのである。うっかり彼の悪事を暴《あば》いたら、警察内部の不祥事も露呈《ろてい》しかねない。そうなったら、警察の威信《いしん》は地に墜《お》ちる。

それをいいことに、百面鬼はまさにやりたい放題だった。手を焼いた幹部たちが幾度《いくど》か彼を罠《わな》に嵌《は》めかけたが、いずれも失敗に終わっている。威張り腐った人間を懲《こ》らしめることは実に愉《たの》しい。当分、やめられそうもなかった。

百面鬼はクラウンのドア・ロックを解除し、先にカテリーナを助手席に坐らせた。

「これ、覆面パトカー？　あなた、わたしを騙《だま》そうとしてるのか」

「どういう意味なんだ？」

「もしかしたら、行き先はわたしのアパートじゃなくて、新宿署なんじゃない？」

「心配するな。ちゃんとアパートまで送り届けてやるよ」

「ほんとに？　わたしを騙さないでね」

カテリーナが黒い大きな瞳をまっすぐ向けてきた。

顔の彫りこそ深かったが、どことなく仕種《しぐさ》が東洋人めいていた。日本の男たちに春をひさいでいるうちに、そうした媚《こ》び方を学んだのだろうか。

「おれは女を騙したりしないよ」

百面鬼は運転席に乗り込み、すぐに車を発進させた。

カテリーナのアパートは百人町二丁目にあった。ほんのひとっ走りだった。百面鬼は古ぼけた木造モルタル塗りのアパートの横に覆面パトカーを停めた。

「縁があったら、また会おう。おれの上着、返してくれ」

「ひとりで部屋に戻る。それ、ちょっと怕《こわ》いね。さっきの男たちが待ち伏せしてるかもしれないでしょ？」

「なら、部屋まで一緒に行ってやろう」

「あなた、いい男性《ひと》ね」

カテリーナがウインクし、先に車を降りた。

百面鬼はエンジンを切って、クラウンから出た。カテリーナが車を回り込んできて、ごく自然に百面鬼の手を取った。客がつくたびに、そうしているのか。アパートに導かれる。

二人は赤錆《あかさび》の浮いた鉄骨階段を上がった。カテリーナの部屋は、二階の最も奥にあった。角部屋だ。窓から電灯の光が零《こぼ》れている。

カテリーナが恐る恐るドアを開けた。

冷気が流れてきた。エア・コンディショナーは作動中だった。

百面鬼はドアの隙間《すきま》から室内を覗《のぞ》き込んだ。間取りは１ＤＫだった。人がいる気配はうかがえない。

「誰もいないみたいだな」

「それ、まだわからないよ。男たち、奥のどこかに隠れてるかもしれないね」

「いないと思うが、念のため、おれが先に入ってやろう」

「お願いします」

カテリーナが改まった口調で言い、少し横に動いた。百面鬼は靴を脱いで、奥の居室《きょしつ》に向かった。

やはり、誰も潜《ひそ》んでいなかった。六畳の和室に砂色のカーペットが敷き詰められ、左の壁際《かべぎわ》にダブルベッドが寄せられている。窓側にビニール製のファンシーケースとテレビが並んでいるだけで、ほかに家具らしい家具はない。

「わたし、もう安心ね」

カテリーナが初めて笑顔を見せた。百面鬼はダブルベッドを見ながら、無遠慮に確かめた。

「男と暮らしてるようだな」

「それ、もう一年以上も前の話ね。新宿にいるコロンビア人の男、たいがい働いてない。ホセも仕事してなかったね」

「同棲してたのはヒモみたいな奴だったんだな」

「うん、そうね。なのに、ホセはボリビアから来た女と浮気した。だから、わたし、彼と別れたよ」

カテリーナが寂《さみ》しげに笑い、百面鬼の上着を脱いだ。百面鬼は自分の上着を受け取った。

「あなた、わたしを救《たす》けてくれた。何かお礼しないといけないね」

「妙な気は遣《つか》うなって」

「でも、このまま帰せない」

カテリーナがそう言いながら、黒いブラジャーを外した。重たげな乳房が揺れた。すぐにパンティーも脱ぐ。

黒々とした飾り毛は短冊《たんざく》の形に繁《しげ》っていた。やはり、頭髪だけブロンドに染めたようだ。

「体でお礼したいってわけか」

「ええ、そう。あなた、女嫌い？」

「女は、三度の飯よりも好きだよ」

百面鬼はにやついて、手にしていた上着をベッドの上に投げ落とした。据《す》え膳《ぜん》は喰うのが礼儀だろう。男の身勝手な考えだが、女の誘いを断って恥をかかせたくなかった。

ご都合主義か。

カテリーナがほほえみ、百面鬼の前にひざまずく。百面鬼はスラックスのファスナーを引き下げ、トランクスの中からペニスを摑み出した。まだ欲望は息吹《いぶ》いていない。

カテリーナがペニスの根元を断続的に握り込みながら、亀頭に官能的な唇を被《かぶ》せた。小刻みにタンギングし、舌の先で笠《かさ》の下をなぞった。実に巧《たく》みな舌技だった。

百面鬼の陰茎《いんけい》は少しずつ力を漲《みなぎ》らせはじめた。

しかし、昂《たか》まり切らない。勃起《ぼっき》する前に次第に萎《な》えてしまう。焦《あせ》れば焦るほど男根《だんこん》は逆に硬度を失う結果になった。

百面鬼は溜息《ためいき》をついた。

彼には少し厄介な性的嗜好《しこう》があった。セックスパートナーの白い裸身に黒い喪服《もふく》を着せないと、完全にはエレクトしないのだ。

交《まじ》わる体位も限られていた。黒い着物の裾《すそ》を大きくはぐって後背位で結合しないと、射精しなかった。正常位や女性騎乗位では果てるどころか、きまって中折れ現象を起こす。

歪《ゆが》んだ性癖に呆《あき》れた新妻は、わずか数カ月で実家に逃げ帰ってしまった。

署名捺印《なついん》済みの離婚届が書留で送られてきたのは、それから一週間後だった。百面鬼は妻の求めに応じ、あっさりと離縁した。去る者は追わない主義だった。十何年も前の話だ。

離婚後、百面鬼は生家の寺で年老いた両親と暮らしている。もっとも外泊することが多く、ごくたまにしか親の家には帰らない。

最近は、ほとんど交際中の佐竹久乃《さたけひさの》の自宅マンションに泊まっている。久乃は三十九歳のフラワーデザイナーだ。都内に幾つかフラワーデザイン教室を持っている。

「わたしのオーラルセックス、下手《へた》？」

カテリーナが百面鬼の下腹部から顔を離し、もどかしげに訊《き》いた。

「そんなことないよ」

「なのに、どうして途中で軟らかくなっちゃう？　わたし、よくわからない。どうすれば、あなた、元気になる？」

「実はおれ、少しだけアブノーマルなところがあるんだ。といっても別に変態ってわけじゃないんだけどな」

百面鬼はそう前置きして、自分の屈折《くっせつ》したセクシュアル・フェティシズムに触れた。

「喪服って、誰かが死んだときに日本の女性が着る和服のことね」

「そう」

「わたし、写真で見たことあるよ。とっても神秘的だった。わたし、一度着てみたい」

「素肌にまとってくれるんだったら、持ってくるよ。実は、いつも車のトランクの中に入れてあるんだ」

「わたし、着る。着るから、すぐに取ってきて」

カテリーナが立ち上がった。その目は好奇心で輝いていた。

百面鬼はペニスをトランクスの中に戻し、スラックスの前を手早く整えた。カテリーナの部屋を出て、鉄骨階段を駆け降りる。百面鬼は覆面パトカーのトランクルームから喪服を取り出し、急いでカテリーナの部屋に戻った。

「とってもエキゾチックなフォーマルドレスね」

カテリーナは喪服をしげしげと眺めてから、素肌にまとった。白と黒のコントラストが強烈だ。なんとも煽情的《せんじようてき》だった。

百面鬼はカテリーナを抱き寄せた。

カテリーナがすぐ唇を重ねてきた。さきほどフェラチオをされたばかりだったが、かまわず百面鬼はカテリーナの舌を吸いつけた。

二人は濃厚なキスを交わした。百面鬼は舌を深く絡《から》めながら、カテリーナの乳房とヒップをまさぐった。どちらも弾力性に富んでいる。ラバーボールを揉《も》んでいるような手《て》触《ざわ》りだった。いい感じだ。

カテリーナが喉の奥でなまめかしく呻《うめ》く。彼女はせっかちな手つきで、百面鬼の性器を剝《む》き出しにした。百面鬼は愛撫《あいぶ》されているうちに、雄々《おお》しく猛《たけ》った。半歩退《さ》がり、カテリーナの秘めやかな部分を探る。

合わせ目は、わずかに綻《ほころ》んでいた。肉の扉は肥厚《ひこう》し、火照《ほて》りを帯びている。

百面鬼はフィンガーテクニックを駆使《くし》した。すると、カテリーナが数分で膝から崩れた。その肩は弾《はず》み、胸は大きく波動している。

「あなた、女殺しね」

「ありがとよ」

百面鬼は頰を緩《ゆる》め、スラックスとトランクスを一緒に足首から抜いた。性器は角笛《つのぶえ》のように反《そ》り返っていた。

「おれの好きなスタイルをとってほしいんだ」

「オーケー、オーケーね」

カテリーナが陽気な声で言い、獣《けもの》の姿勢になる。

百面鬼はカテリーナの背後に回り、両膝をカーペットに落とした。喪服の裾を大きく捲《まく》り上げると、白桃を想わせるヒップが露《あらわ》になった。生唾が湧《わ》く。

百面鬼は合わせ目を左右に分け、一気に貫《つらぬ》いた。カテリーナが切なげに呻いて、背を大きく反らす。

百面鬼はダイナミックに腰を躍《おど》らせはじめた。

2

暗がりで何かが動いた。

人影だった。ひとりではない。二人だ。

百面鬼はアパートの鉄骨階段をゆっくりと下った。少し前までカテリーナの部屋で情事に耽《ふけ》っていた。カテリーナは喪服に刺激されたのか、乱れに乱れた。

ラテン系の女性は想像以上に情熱的だった。百面鬼は煽《あお》られ、ワイルドに応《こた》えた。

カテリーナの裸身はクッションのように弾んだ。極《きわ》みに駆け上がると、彼女は女豹《めひょう》のように唸《うな》った。母国語で何か口走りながら、裸身をリズミカルに震わせた。

百面鬼はカテリーナが二度目の絶頂《エクスタシー》に達したとき、一気に精を放った。射精感は鋭かった。背筋が痺《しび》れ、脳天が白く霞《かす》んだ。

二人の男が鉄骨階段の昇降口《しょうこうぐち》を塞《ふさ》ぐ。

夕方、カテリーナを追いかけていた男たちだ。どちらも表情が険《けわ》しい。

「意地でもカテリーナを姦《や》ろうってのかっ。それとも反省して、六十三万円を返しに来たのかい？」

百面鬼は二人の男を等分に睨《にら》みつけた。

と、紫色のシャツを着た男が腰のあたりからハンティングナイフを取り出した。刃渡りは十五、六センチだろうか。

「てめえ、よくも邪魔してくれたな」

「まだ懲《こ》りねえのか。よっぽど手錠《ワッパ》打たれてえらしいな」

「手錠《ワッパ》だと!? やくざのくせに警官《マッポ》の振りすんのかよっ」

「てめえら、もぐりだな。おれは新宿署の刑事だ」

百面鬼は言うなり、刃物を持った男の胸板を蹴った。相手が後方に引っくり返る。弾みで、ハンティングナイフが舞った。縞柄の上着を羽織《はお》った男が身を屈《かが》め、ナイフを拾おうとした。百面鬼はステップを降りて、相手の腹を蹴り上げた。男は地べたに転がった。

百面鬼はハンティングナイフを拾い上げ、二人の男の太腿《ふともも》を浅く刺した。少しもためらわなかった。男たちは歯を剝《む》いて唸った。

百面鬼は縞柄の上着を着た男の懐を探った。内ポケットに札束が入っている。百面鬼は札束をそっくり抜き取り、自分の上着のポケットに突っ込んだ。二百万円はあるだろう。

「おれの金をどうするんだっ。返せよ！」

「てめえの金じゃねえだろうがっ。カテリーナたち不法滞在者から奪った金だから、証拠品として押収したんだよ。なんか文句あるか。え？」

「おれたちが何をしたってんだっ」

「ばっくれるんじゃねえ。てめえらは東京入管のGメンになりすましてる強盗団だろうが！」

「おれたち、危《ヤバ》いことなんて何もしてねえよ」

縞柄のジャケットの男が大声で喚《わめ》いた。そのとき、階下の角部屋のサッシ窓が開いた。

顔を出したのは初老の男だった。

「喧嘩《けんか》なら、余所《よそ》でやってくれ」

「こっちは新宿署の者だ」

「えっ、そうなんですか。倒れてる二人、何をやったんです？」

「いいから、引っ込んでてくれ」

百面鬼は相手に言った。

サッシ窓はすぐに閉められた。百面鬼は屈み込んで、血糊《ちのり》の付着したナイフを縞柄ジャケットの男の顔面に押し当てた。

「強盗団の一味じゃないだと？」

「同じことを何遍《なんべん》も言わせるなっ。さっき危《ヤバ》いことは何もしてないって言ったじゃねえか」

「世話を焼かせやがる」

「おい、何する気なんだ!?」

相手が怯《おび》えた目を向けてきた。

百面鬼は薄く笑って、ナイフの刃を起こした。そのまま無造作に刃先を滑《すべ》らせる。相手が痛みに顔を歪めた。頰から鮮血が噴《ふ》きだした。

「ちょいと箔《はく》をつけてやったんだ。礼を言いな」

「てめーっ！　刑事《デカ》がこんなことやってもいいのかよ！」

「よかねえだろうな。けど、おれは好きなようにやってる。てめえら、どこの者《もん》だっ。口を割らなきゃ、二人とも殺《や》っちまうぞ。もちろん、正当防衛に見せかけてな」

「てめえ、偽刑事なんじゃねえのかっ」

「どうする？　粘る気なら、次は小指飛《エンコ》ばすぞ。そうすりゃ、もっと箔がつくだろうよ」

「ふざけやがって。殺すぞ！」

「上等だ」

百面鬼は相手の右腕を靴で押さえつけ、ハンティングナイフの切っ先を小指の第二関節に押し当てた。

「兄貴、もう喋《ベシャ》っちゃいましょうよ」

紫色のシャツの男が左腿の傷口を押さえながら、震えを帯びた声で言った。

「そっちの舎弟は、まるっきりのばかじゃなさそうだな。ちゃんと限界を知ってる」

「くそっ」

「どうする？」

百面鬼は男の右腕を右の脚で押さえながら、ナイフの背を左足の靴で軽く押さえた。

「お、おれたちは共友会《きょうゆうかい》小松《こまつ》組の者《もん》だ」

「小松組だって？」

「そうだよ」

男が答えた。共友会は博徒系の組織で、歌舞伎町に事務所を構えている小松組は二次団体だ。相手が言い重ねた。

「テラ銭は年に三千万も入らなくなったし、この不況で重機や観葉植物のリース事業も減収になった。暴対法で飲食店や風俗店からみかじめ料も取れなくなったんで、組の遣り繰り《シノギ》がきついんだよ。麻薬《クスリ》や売春《マメノシル》は御法度《ごはっと》になってるから、最近は上納金も満足に払えない状態なんだ」

「だから、東京入管のGメンに化けて、不法滞在してる外国人の金を強奪するようになったのか。上海マフィアなんかのアジトも襲って、麻薬や拳銃《チャカ》もかっさらってるな？」

百面鬼は確かめた。

「ああ。そうでもしねえと、小松組は三次団体に格下げになっちゃうんでな」

「てめえの名は？」

「関戸《せきど》だよ」

「紫色のシャツは？」

「久須美《くすみ》ってんだ」

「そっちの話を鵜呑《うの》みにはできねえな」

「な、なんでだよっ」

「組長の小松民夫《たみお》はまだ五十前だが、昔気質の渡世人だ。遣り繰り《シノギ》がきついからって、子分に強盗までやらせるとは思えない」

「兄貴の話、本当なんだ」

久須美がそう言い、上体を起こした。

「どうだかな」

「信じてくれよ」

「おめえらが正直者かどうか、すぐにわかるだろう」

「どういう意味なんだ？」

「いいから、二人とも立ちな」

百面鬼はナイフの背から左足を浮かせ、腰を伸ばした。そのとき、関戸が焦《あせ》った様子で口を開いた。

「お、おれたち二人を組事務所に連れてく気なのかよ!?」

「ビンゴだ」

「二人とも脚を刺されてる。おれも久須美もちゃんと歩けねえよ」

「浅く刺しただけだ。それに、たいした距離じゃないだろうが。歩け！」

百面鬼は取り合わなかった。

小松組の事務所は大久保公園のそばにある。歌舞伎町二丁目だが、ここから四、五百メートルしか離れていない。

「おれたちを組事務所に連れていかないでくれ。組長《オヤジ》は、口を割っちまったおれたち二人を始末する気になるだろう」

「おれ、まだ死にたくねえよ」

久須美が関戸の言葉を引き取った。百面鬼は二人を強引に立たせた。

ちょうどそのとき、カテリーナが階段を降りてきた。

「その男たちよ、お金を奪《と》ったのは。どうして、そこにいる？」

「おれを待ち伏せしてたんだ。おれをぶちのめして、カテリーナをレイプする気だったんだろう。けど、そうは問屋が卸《おろ》さない。そっちの金は取り返してやったよ」

百面鬼は上着のポケットから札束を掴み出した。カテリーナが歩み寄ってきた。

「二百万はあるだろう。そっくり貰っとけ」

「奪《と》られたのは六十三万ね。その分だけ返してもらえばいい」

「レイプされそうにもなったんだ。残りは迷惑料として貰っとけよ」

百面鬼は札束をカテリーナの手に握らせた。カテリーナは少し迷ってから、札束をバッグの中に収《おさ》めた。

「こいつらの急所を蹴ってやれ」

百面鬼は、けしかけた。

カテリーナが短く考えてから、パンプスの先で関戸と久須美の股間《こかん》を蹴り上げた。二人は呻きながら、その場にうずくまった。

「あなた、そのナイフで二人の腿《もも》を刺した？」

「ああ。おれの質問に素直に答えなかったんでな。こいつらは犯行を認めたよ」

「何者なの？」

「共友会小松組の組員と言ってるが、真偽はまだ確かめてない」

「そう。この二人、新宿署に連れていく？」

「うん、まあ」

百面鬼は曖昧《あいまい》に答えた。

「だったら、マルガリータから三百五十万奪った三人組のことも喋らせて。オーケー？」

「そうするつもりだよ。これから、商売《ビジネス》かい？」

「わたし、そうする気だった。でも、お金戻ってきた。だから、きょうは仕事お休みにする」

「そうしなよ。さっきのナニで疲れたろうからな」

「うん、ちょっとね。あの黒い着物、ほんとに貰っちゃってもいいの？」

「スペアの喪服は何着もあるんだ。だから、好きに使ってくれ」

「それなら、ネグリジェ代わりにする。そうすれば、あなたのこと、ずっと忘れないね」

「殺し文句だな」

「その日本語、わたし、わからない」

「ちょっと説明するのは難しいな。そんなことより、部屋でゆっくり寝《やす》めよ」

「うん、そうする。ありがとね」

カテリーナは百面鬼の頬にくちづけすると、鉄骨階段を駆け上がった。

「二人とも立ちな」

百面鬼は男たちに命じ、血に染まったハンティングナイフを遠くに投げ捨てた。関戸と久須美がのろのろと立ち上がる。マルガリータの金を強奪したかどうか詰問する。二人の男は犯行を強く否認した。嘘はついていないようだった。男たちの仲間の犯行なのだろう。

覆面パトカーをチンピラどもの血で汚したくない。この二人を組事務所まで歩かせよう。百面鬼は男たちの背を押した。

関戸と久須美は傷ついた片脚を庇《かば》いながら、一歩ずつ歩きはじめた。病《や》み上がりの老人のように歩みはのろかった。百面鬼は苛《いら》ついたが、じっと堪《こら》えた。裏通りをたどって職安通りに出たとき、不意に二人が小走りになった。

関戸と久須美は逆方向に進んでいる。示し合わせて、逃げる気になったのだろう。

しかし、どちらも速くは走れない。百面鬼は先に兄貴株の関戸を取り押さえ、久須美を呼びとめた。

「おい、こっちに戻ってきな」

「………」

「戻ってこなかったら、関戸の首の骨をへし折るぞ」

「わ、わかったよ」

久須美が観念し、百面鬼たちのいる場所に引き返してきた。関戸が長嘆息《ちょうたんそく》する。

百面鬼は二人の間に入り、それぞれの片腕をむんずと掴んだ。関戸たちを引っ立てながら、職安通りを渡る。ハローワーク新宿の脇の裏通りに入ると、二人の男はにわかに落ち着きを失った。

「ここで見逃してくれねえか。おれたち、殺されちまうよ」

関戸が言った。

「下っ端の命《タマ》まで奪《と》りゃしねえさ。せいぜい半殺しにされるだけだろうよ」

「その程度で済むわけない。頼むから、勘弁してくれ」

「もう諦《あきら》めるんだな」

百面鬼は冷然と言い、男たちの腕を強く引っ張った。二人は足を引きずりながら、渋々、従《つ》いてきた。

小松組の事務所は、少し先の雑居ビルの五階にある。だが、代紋《だいもん》は掲《かか》げられていない。テナントプレートには、『小松エンタープライズ』という社名が記《しる》されている。暴力団新法で禁じられたからだ。

間もなく目的の雑居ビルに着いた。

そのとたん、二人が怯《おび》え戦《おのの》きはじめた。かまわず百面鬼は、男たちをエレベーターの函《ケージ》に押し込んだ。五階でエレベーターが停止すると、関戸と久須美は函の床《ゆか》に坐り込んでしまった。

「てめえら、いくつなんだ？　駄々《だだ》っ子みたいなことをするんじゃねえ！」

百面鬼は怒鳴《どな》りつけ、二人を函から蹴り出した。関戸たちは『小松エンタープライズ』のオフィスまで這《は》い進んだ。

百面鬼は無断で事務所のドアを開けた。顔見知りの舎弟頭が二人の若い組員と花札に興《きょう》じていた。ほかには誰もいなかった。

「百面鬼の旦那、そいつらは誰なんです？」

舎弟頭の清水《しみず》が長椅子から立ち上がった。若い衆が慌《あわ》てて花札を片づける。

「この二人は小松組に足《ゲソ》つけてると言ってる」

「そいつらは、うちの構成員じゃありません。おおかた吹《ふ》かしこいたんでしょう」

「やっぱり、そうだったか。半年ほど前から東京入管のGメンを装った犯罪集団が不法滞在外国人の自宅やアジトに押し入って、金品を強奪してる犯行《ヤマ》は知ってるよな？」

「ええ。その二人は強盗団の一味なんですか？」

「おそらくな。偽入管Gメンは小松組の組員だと言った」

百面鬼は説明して、関戸と久須美に胡坐《あぐら》をかかせた。角刈りの清水が血相を変え、二人の前に立った。

「てめえら、なんだって小松組に罪をなすりつけやがったんだっ。だいたいどこの身内なんでえ？」

「おれたち、小松組の組員でしょうが……」

関戸が震え声で答えた。清水が若い衆のひとりに目配《めくば》せした。相手がうなずき、すぐに奥から木刀を取り出してきた。

もうひとりの若い組員はどこかに電話をかけた。多分、組長の小松に連絡をしたのだろう。

「てめえら、ぶっ殺してやる!」

清水が息巻き、関戸と久須美の肩を木刀で強く叩いた。二人は獣じみた声をあげ、横に転がった。

百面鬼は制止しなかった。事務机に腰かけて、茶色い葉煙草《シガリロ》をくゆらせはじめる。

舎弟頭の清水は関戸たちの背や腰を容赦《ようしゃ》なく木刀で打ち据《す》えた。二人は呻きながら、床を転げ回った。

「そのくらいにしとけ。殺《や》っちまったら、肝心なことを訊けなくなるじゃねえか」

百面鬼は清水に言って、事務机から滑り降りた。関戸に歩み寄り、膝頭で相手の腰を押さえつける。

「どこの筋嚙《か》んでる?」

「………」

関戸は唸るだけで、答えようとしない。

百面鬼は頰の傷口に葉煙草の火を押しつけた。火の粉《こ》が散る。関戸が泣き声に近い悲鳴をあげた。

「まだ粘る気か」

「もう勘弁してくれーっ。おれたちは横浜の港仁会《こうじん》進藤《しんどう》組の者《もん》だ」

「やっと吐きやがったか。一連の強奪事件を起こしたのは進藤組なんだなっ」

「そ、そうだよ」

「なんで小松組に濡衣《ぬれぎぬ》を着せた？」

「組長《オヤジ》が失敗踏《ドジ》んだときは、小松組の組員になりすませって言ったんだ。細かいことは知らない。ほんとだよ。嘘じゃないって」

「小松組はコケにされたわけだ。このまま黙っちゃいねえだろうな」

百面鬼は火の消えた葉煙草《シガリロ》を投げ捨て、おもむろに立ち上がった。そのとき、組長の小松が事務所に駆け込んできた。着流し姿だった。

「百面鬼さん……」

「事情は若い衆から電話で聞いたよな？」

「ええ」

「港仁会の進藤組とトラブったことは？」

「ありません。いったい、なぜ進藤組が小松組《うち》に罪をおっ被《かぶ》せようとしたのか。どう考えても、思い当たることはないな」

「そうかい」

「百面鬼さん、そいつら二人をおれに預けてもらえませんか」

「どうする気なんだ？」

「二人を弾除《たまよ》けにして、港仁会進藤組に殴り込《カチコミ》みかけます。おれたちの世界は相手に舐《な》められたら、おしまいですんでね」

「進藤組長を殺《や》っちまう気だな」

百面鬼は確かめた。

「その質問には答えにくいですね。百面鬼さんは一応、現職の刑事だから」

「仮におれがそっちの犯行《ヤマ》に目をつぶったとしても、進藤の命奪《タマと》ったら、神奈川県警は必ず動くぜ。それで、そっちは逮捕《パク》られることになるだろう」

「でしょうね。しかし、面子《メンツ》がありますんで」

「それはわかるが、そっちが刑務所行きになったら、組はどうなる？」

「代貸の中谷文博《なかやふみひろ》が留守を預かってくれるでしょう」

「中谷は、まだ四十だったよな？」

「ええ。わたしより八つ年下ですが、中谷は頼りになる男です。ちゃんと組長代行を務《つと》めてくれるでしょう」

小松が言った。

「なんだったら、おれが港仁会の進藤を始末してやってもいいぜ」

「本気なんですか!?」

「ああ、もちろんだ」

百面鬼は大きくうなずいた。だいぶ前から、交際中の久乃にもうひとつフラワーデザイン教室を持たせてやりたいと考えていた。

「百面鬼さん、あっちに行きやしょう」

小松がパーティションで仕切られた奥の組長室に目をやった。百面鬼は小松に導かれ、組長室に入った。

二人はコーヒーテーブルを挟《はさ》んで応接ソファに腰かけた。

「このわたしを嵌《は》める気なんじゃないでしょうね」

小松が角張《かくば》った顔を両手で撫《な》でてから、探《さぐ》るような口調で言った。

「おれが職務で点数稼ぎをしたことがあるか？　そっちを殺人者に仕立てたって、何もメリットはない」

「ま、そうですがね。少しまとまった金が必要になったってことなのかな？」

「そういうことだ」

「で、殺しの報酬は？」

「五千万と言いたいところだが、三千万で引き受けてやらあ。ただし、着手金として半金を貰う。残りの千五百万は進藤を始末した後でいいよ」

「三千万ですか。進藤にそれだけの価値があるかな」

「妙な駆け引きはやめろ。三千万も出したくねえなら、そっちが自分で進藤を殺《や》ればいいさ。けど、そっちが捕まるのは時間の問題だろうがな」

「わかりました。三千万払いましょう」

「着手金は、いつ貰える？」

「明日の午前中までに用意しておきます。正午過ぎに中野の自宅に来ていただけますか」

「いいだろう。ところで、二度目の奥さんは若いんだってな」

「若いといっても、もう三十一歳です」

「先妻は五年前に子宮癌《がん》で亡くなったんだったよな？」

「ええ。姐御肌《あねごはだ》で、さっぱりした女だったんですがね。わたしもまだ男盛りなもんですので、縁あって有希《ゆき》を後添《のちぞ》いに迎えたんです」

「クラブ歌手だったそうじゃねえか」

「ええ。歌はそこそこですが、料理は上手《じょうず》なんですよ。一緒に有希の手料理を喰ってやってください」

「わかった、ご馳走《ちそう》になろう。明日の午後一時ごろ、そっちの家《ヤサ》に行くよ」

「お待ちしています。百面鬼さん、進藤組の二人はどうしましょう？」

「そっちに任せる」

百面鬼はソファから立ち上がり、組長室を出た。

3

趣《おもむき》のある和室だった。

中野区野方《のがた》にある小松組長の自宅だ。百面鬼は赤漆《あかうるし》塗りの座卓を挟んで、家の主《あるじ》と向かい合っていた。午後一時過ぎだった。

卓上には十数品の手料理が並んでいる。どれも、小松の後妻がこしらえたものだ。

「おい、百面鬼さんに酌《しやく》をするんだ」

小松が有希を促《うなが》した。有希が徳利を持ち上げた。

百面鬼は盃《さかずき》を宙に掲《かか》げたまま、有希の顔を改めて見た。造作《ぞうさく》の一つひとつが整っているだけではなく、色気もあった。

「昔から料理上手は床《とこ》上手だって言うよな。組長が羨《うらや》ましいね」

「有希は、ごく平凡な女ですよ」

「そんなことはないだろうが。これだけの手料理を作れるんだから、夜のほうだって上手なはずだ。ね、奥さん？」

「さあ、どうなんでしょう」

有希が小首を傾《かし》げた。妖艶《ようえん》な仕種《しぐさ》だった。

「夫は何も言ってくれないらしいな」

「え、ええ」

「それじゃ、励《はげ》みにならないよな。奥さん、おれと一度浮気しない？」

「主人がいいと言ってくれたら、いつでもお相手をさせていただきます」

「大人の女はいいねえ。小娘だったら、おれの冗談に本気で怒るに決まってる」

百面鬼は盃を口に運んだ。小松は微苦笑しただけで何も言わなかった。

「どうぞごゆっくり！」

有希が徳利を卓上に置き、床の間付きの十畳間から出ていった。小松が手酌《てじゃく》で盃を満たす。

「組長は俠気《おとこぎ》があるから、女たちにモテるんだろうな」

「女にかけては、百面鬼さんのほうが何枚も上手でしょう。新宿で働いてる女たちは、あらかたコマしたんでしょ？」

「おれに厭味《いやみ》を言ってんのか。だったら、例の件は引き受けねえぞ」

「百面鬼さん、待ってください。それは誤解ですよ。別にソープや風俗の娘《こ》たちと只《ただ》で遊んでることを言ったんじゃないんです。相当、数をこなしてると言いたかっただけなんですよ」

「ま、いいや。それはそうと、関戸と久須美って野郎はどうした？」

「舎弟頭の清水に奥多摩の山の中に……」

「殺して埋めさせたんだな？」

「ご想像にお任せします」

「そう警戒すんなって。おれも、あの二人の脚をハンティングナイフで刺してる。共犯みてえなもんだから、署で余計なことは言わないよ」

「助かります。早速ですが、これをお渡ししておきましょう」

「着手金だな？」

「ええ、それと足のつかない拳銃《ドウグ》を用意させてもらいました」

「そいつはありがてえ」

百面鬼は言って、葉煙草《シガリロ》をくわえた。

小松が座卓の下から蛇腹《じゃばら》封筒を取り出した。大きく膨《ふく》らんでいる。百面鬼は蛇腹封筒を受け取り、中身を検《あらた》めた。

帯封の掛かった札束が十五束とグロック17が入っていた。オーストリア製の拳銃だけを引き抜き、弾倉《マガジン》をチェックする。九ミリ弾が七発詰まっていた。

「必要でしたら、スペアのマガジンをお渡ししますが……」

「いらないよ。一発か二発で、進藤を仕留《しと》めてやらあ」

「頼もしいお言葉だな。一応、簡単な資料を用意しておきました」

小松が着物の袂《たもと》から写真と紙切れを抓《つま》み出した。

百面鬼は、それを受け取った。印画紙には、進藤泰晴《やすはる》の上半身が写っている。何かの会合に出席したときに撮《と》られた写真のようだ。

進藤は一見、堅気っぽい。髪を七三に分け、地味な色のスーツを着ている。ネクタイも派手ではなかった。

百面鬼はメモを見た。港仁会進藤組の組事務所は伊勢佐木町《いせざきちょう》にあった。進藤の自宅マンションは野毛《のげ》にある。

「進藤には当然、愛人《レコ》がいるよな？」

「鶴見《つるみ》に組を構えてる兄弟分の情報によりますと、無類《むるい》の女好きらしいんですよ」

「女嫌いな野郎なんてめったにいねえだろ?」

「進藤の場合は度を越してるらしいんですよ。ひところは十三人も情婦《いろ》がいたって話ですから、オットセイ並みの絶倫《ぜつりん》男なんでしょう」

「そりゃ、スーパー級の好き者だな。おれも太刀打《たちう》ちできねえや」

「百面鬼さんなら、負けてないでしょう?」

「癪《しやく》だが、負けてるよ。進藤の行動パターンを探りゃ、次々に愛人《レコ》の家《ヤサ》がわかるだろう」

「でしょうね。兄弟分の話によりますと、進藤は毎日必ず夕方に組事務所に顔を出すそうです」

「そうかい。できるだけ早く動きはじめるよ」

「よろしくお願いします。残りの千五百万は、進藤を始末してもらってから必ずお支払いしますんで」

「ああ、頼むぜ」

「有希の手料理、喰ってやってくださいよ」

小松が手を横に動かした。百面鬼は写真とメモを蛇腹封筒の中に入れ、箸《はし》を手に取った。

　二人は酒を酌《く》み交わしながら、料理をつついた。青柳《あおやぎ》のぬたと山菜の湯葉《ゆば》包み揚げは絶品だった。城下鰈《しろしたがれい》の一夜干しもうまかったし、牛肉の牛蒡《ごぼう》巻きも美味だった。

「別に善人ぶるわけじゃありませんが、出稼ぎ外国人を狙ってる進藤組は汚いですよね。ことに街娼《ガイパン》がせっせと貯めた金を奪《と》るなんて赦《ゆる》せない。外道《げどう》も外道ですよ。上海マフィアやコロンビア人グループから麻薬《クスリ》や拳銃《チャカ》を強奪するのは、あまり気になりませんけどね」

　小松が言った。

「そっちの言う通りだな。東京入管のGメンに化けるのも卑怯《ひきょう》だよ。大久保通りで立ちんぼをやってる外国人売春婦たちは、ヤー公よりも入管の人間を怕《こわ》がってるからな」

「そうですね」

「話は飛ぶが、やっぱり進藤がそっちに罪をなすりつけた理由に思い当たらないか？」

「ええ」

「組員の誰かが以前、進藤組の奴と喧嘩《マチガイ》でも起こしたんじゃねえのかな」

「代貸の中谷にそのあたりのことを調べさせたんですが、進藤組の組員と問題を起こした奴はひとりもいないということでした」

「そう。なぜ、進藤はそっちに濡衣を着せようとしたのか。そいつが謎だな」

「ええ。百面鬼さん、進藤を撃《ハジ》く前にそのことを吐かせてくれませんか」

「いいだろう」

会話が途切れた。

それから間もなく、百面鬼は腰を上げた。小松夫妻に見送られて、そのまま辞去する。

覆面パトカーは小松邸の石塀《いしべい》の際《きわ》に駐《と》めてあった。

百面鬼はクラウンに乗り込むと、久乃の携帯電話を鳴らした。電話はワンコールで繋《つな》がった。

「竜一さん、何かあったの？」

「いや、別に。いま、渋谷の教室にいるのかな」

「少し前に代々木のマンションに戻ったところよ。必要な資料を取りに戻ったの。夕方は中目黒《なかめぐろ》の教室に顔を出すつもり」

「久乃、部屋で待っててくれ。渡したい物があるんだ」

「どこかでセクシーなランジェリーでも衝動買いしたんでしょ？」

「そんなんじゃないよ。とにかく、待っててくれ。大急ぎで代々木のマンションに行くからさ」

百面鬼は通話を切り上げ、慌《あわ》ただしく車を発進させた。

二十分そこそこで、久乃の自宅マンションに着いた。百面鬼は蛇腹封筒からグロック17を摑み出し、グローブボックスの奥に突っ込んだ。千五百万円の入った蛇腹封筒を小脇に抱え、車を降りる。マンションの地下駐車場だ。

百面鬼はエレベーターで六階に上がった。

六〇五号室に入ると、久乃はリビングソファに腰かけて花の写真集を見ていた。綿ジョーゼットの白っぽいワンピースが涼しげだ。

百面鬼は久乃と向かい合う位置に坐り、札束で膨らんだ蛇腹封筒をコーヒーテーブルの上に置いた。

「何が入ってるの？」

「いいから、開けてみな」

「わかったわ」

久乃が蛇腹封筒を手前に引き寄せ、手早く紐《ひも》をほどいた。百面鬼は欲深いが、いわゆる金の亡者《もうじゃ》ではない。惚《ほ》れた女には惜《お》しみなく散財する。

「あら、お金じゃないの」

「久乃は、前からフラワーデザイン教室をもうひとつ増やしたがってたよな」

「ええ」

「千五百万入ってる。ちょっと古いテナントビルなら、そのくらいの保証金で新しい教室を開けんじゃないのか」

「ええ、充分よ。でも、こんな大金どうしたの？」

「危《ヤバ》い金じゃないから、安心してくれ。宝くじで当てたんだ」

「ほんとに？」

久乃は疑わしそうな目をしている。

「ああ。久乃には、いろいろ世話になってる。月の半分はここに泊めてもらってるのに、おれは家賃も光熱費も払ってない」

「わたしがお願いして泊まってもらってるんだから、そんなこと気にしないで。毎月一度、超一流ホテルでディナーをご馳走になって、デラックス・スイートに泊めてもらってる。それで充分よ。それに、四月には高いネックレスとブレスレットをプレゼントしてもらったしね」

「おれは久乃の喜ぶ顔を見るのが好きなんだ。だから、遠慮なく受け取ってくれ」

「なんだか悪いわ」

「遠慮するなって」

「いいのかしら？　ううん、やっぱり甘えすぎよね。そうだわ、無利子で借りるってことなら……」

「水臭いことを言うなって。面倒臭《くせ》えことは考えないで、黙って遣《つか》ってくれ」

「そうまで言ってくれるんだったら、竜一さんのお言葉に甘えることにするわ。だけど、本当のことを言ってちょうだい」

「本当のこと？」

百面鬼は訊き返した。

「そう。宝くじで当てたお金じゃないでしょ？」

「おれが久乃に嘘ついたことがあるか」

「それじゃ、どういう宝くじなのか教えて」

「えーと、サマージャンボだったかな」

「サマージャンボの抽選はまだ先よ」

「待てよ、グリーンジャンボだったかな。そうだ、間違いないよ」

「竜一さん！」

久乃が甘く睨《にら》んだ。

「実はな、十年かけて貯《たくわ》えた金なんだ」

「そんな大切なお金を貰うわけにはいかないわ」

「久乃の夢を一日も早く実現させてやりたいんだよ。それに、あと何百万か預金がある。だから、あれこれ言わずに貰ってほしいな」

「ありがとう」

「おい、涙ぐんだりしないでくれ」

「だって、嬉《うれ》しくって。わたし、こんなにも竜一さんに大事にされて幸せよ」

「もういいって。涙を早く拭《ふ》いてくれ。おれ、ちょっと汗を流してくる」

百面鬼はソファから立ち上がった。女の涙は苦手だった。どう対処すればいいのか、いつも困惑してしまう。

百面鬼は浴室に足を向けた。脱衣室兼洗面所で衣服を脱ぎ、頭から熱めのシャワーを浴びる。全身にボディーソープの泡を塗り拡《ひろ》げたとき、浴室のドアが開いた。素っ裸の久乃が恥じらいながら、黙って浴室に入ってきた。

百面鬼は久乃の熟《う》れた裸身を目でなぞった。撫で肩だが、乳房は豊かだ。ウエストのくびれは深い。腰は張っている。

飾り毛は逆三角に生え、艶《つや》やかな光沢を放っていた。白い餅肌《もちはだ》は滑らかで、染《し》みひとつない。太腿はむっちりとしている。

「ボディー洗いをしてやろう」

百面鬼は久乃を抱き寄せ、体をそよがせはじめた。久乃の乳首は、瞬《また》く間《ま》に硬く尖《とが》った。

百面鬼は背をこごめて、唇を重ねた。幾度かついばんでから、唇と舌を吸いつける。

久乃が喉の奥で甘やかに呻いた。

百面鬼は舌を深く絡《から》めながら、久乃の体を愛撫しはじめた。片手で肩や背を撫で、もう片方の手で白桃を連想させるヒップをまさぐる。弾みが強い。

「好きよ」

久乃が顔をずらし、喘《あえ》ぎ喘ぎ言った。男を奮《ふる》い立たせるような声だった。

百面鬼はヒップを揉みながら、乳房を交互に慈《いつく》しんだ。情事の序章だった。

4

ネオンが灯《とも》りはじめた。

伊勢佐木町だ。百面鬼は数十分前から、斜め前にある雑居ビルの出入口に視線を注《そそ》いでいた。

三階のガラス窓には、進藤商事の文字が見える。港仁会進藤組の事務所だ。雑居ビルは伊勢佐木町商店街の裏手にある。八階建てだった。

組長の進藤が事務所にいないことは確認済みだ。さきほど百面鬼は所轄署の刑事を装って、進藤組に偽電話をかけたのである。

受話器を取った若い男の話だと、進藤はたいがい午後七時前後に組事務所に現われるという。まだ六時半を回ったばかりだ。

百面鬼は葉煙草《シガリロ》をくわえた。そのとき、指先から久乃の肌の匂いが立ち昇ってきた。脳裏に前夜の秘め事の光景が鮮やかに蘇《よみがえ》った。

久乃は浴室から寝室に移ると、白い肌に喪服をまとった。

その姿を見たとたん、百面鬼はたちまちエレクトした。体の底が引き攣《つ》れるほどの勢いだった。久乃はいつものように枕に顔を埋め、尻を高く突き出した。百面鬼は久乃の後ろに回り込み、喪服の裾を少しずつ捲《めく》った。

茹《ゆ》で卵のようなヒップが目に触れると、欲情に火が点いた。

百面鬼は久乃を二度頂点に押し上げ、溜めに溜めた性エネルギーを一気に放出した。

分身は幾度もひくついた。快感は深かった。思わず声をあげてしまった。最高のセックスだったが、やはり喪服の力を借りることになった。

百面鬼は、ダンヒルのライターで葉煙草に火を点けた。

絶望しているわけではなかった。三カ月ほど前に百面鬼は行きずりの美女の色香に理性を忘れ、彼女を四谷の高級ラブホテルで強引に抱いた。そのときは、ノーマルなセックスができた。

百面鬼は、そのことに感動した。交際相手の久乃を棄《す》てる気はなかったが、その美女とも密会を重ねたいと考えていた。

だが、相手はとんでもない悪女だった。百面鬼を罠に嵌《は》める目的で偶然を装って接近し、要人暗殺を強《し》いたのである。それだけではなかった。色っぽい美女の黒幕は百面鬼の親しい飲み友達の松丸勇介《まつまるゆうすけ》まで縛《しば》り首にした。

のめり込んだ女に裏切られたショックは大きかった。百面鬼は、それなりの報復をした。そんなわけで、性的な偏《かたよ》りを治してくれた美女とは肌を貪《むさぼ》り合うことができなくなってしまったのだ。小倉亜由《おぐらあゆ》という名だったか。魅惑的な女だったが、仕方ない。

百面鬼は葉煙草を深く喫いつけた。

ちょうどそのとき、上着の内ポケットで私物の携帯電話が鳴った。百面鬼は携帯電話を取り出し、ディスプレイを見た。

発信者は見城豪《けんじょうすぐる》だった。元刑事の私立探偵である。

もっとも探偵業は表向きの仕事で、見城の素顔は凄腕《すごうで》の強請屋《ゆすりや》だ。彼は法網《ほうもう》を巧《たく》みに潜《くぐ》り抜けている悪人たちの弱みを押さえて、巨額の口止め料を脅し取っていた。

百面鬼は、見城の裏稼業の相棒だった。これまでは民間人である見城が強請の材料を集めることが多かった。百面鬼は現職刑事ということで、極力、表面には出ないようにしていた。

四十一歳の見城は甘いマスクの持ち主で、腕っぷしも強い。優男《やさおとこ》に見えるが、性格はきわめて男っぽかった。女たちに言い寄られるタイプだが、見城自身も無類《むるい》の女好きだ。テクニシャンでもある。

そんなことで、見城は情事代行人も務めていた。彼は夫や恋人に背《そむ》かれた不幸な女性たちをベッドで慰め、一晩十万円の謝礼を受け取っていた。そのサイドビジネスで毎月五、六十万円は稼いでいたようだ。

見城は前年の秋に最愛の帆足里沙《ほあしりさ》を喪《うしな》ってからは、この四月まで酒浸《びた》りで探偵業はもちろん、二つの裏仕事もしていなかった。いまはショックから立ち直り、以前の元気さをだいぶ取り戻している。ただ時々、ふと表情を翳《かげ》らせる。死んだ恋人のことを思い出すのだろう。

「百《どう》さん、今夜あたり『沙羅《さら》』で一杯どう？」

見城が言った。『沙羅』は南青山にあるジャズバーだ。二人の行きつけの酒場だった。

「そっちのオールドパーを空《から》にしてえとこだが、きょうはつき合えねえな」

「フラワーデザイナーと超一流ホテルでディナーを摂《と》って、デラックス・スイートでしっぽり濡れる予定なのかな」

「そうじゃないんだ。成り行きで、殺しを請《う》け負《お》っちまったんだよ」

百面鬼は依頼人と標的のことを手短に話した。

「いまさら優等生ぶる気はないが、百《どう》さん、殺し屋の看板を堂々と掲げちゃっても平気なの？」

「そっちと組んで、おれは救いようのない悪党どもを何人も殺《や》ってる。それだけじゃない。この四月にゃ金を貰って、経産大臣をスナイパー・ライフルで射殺した。いまさらいい子ぶっても遅《おせ》えだろう。だから、本格的に殺し屋稼業をはじめる気になったんだ。ただ、おれも人間だから、なんの恨《うら》みもない標的を射殺することには抵抗があるよ。重い罪は一生かかって、償わなけりゃな」

「得意の射撃術を活《い》かして、手っ取り早く小遣い稼ぐ気になったわけか」

「見城ちゃんよ、まさか四つも年上のおれに説教垂《た》れる気じゃないよな」

「その前に、ちょっと確認させてくれないか。百さんは大金を積まれたら、相手が善良な市民でも殺ってしまうつもりなの？」

「基本的には、おれが人間の屑《くず》と判断した奴だけを始末したいな。けど、どうしてもやむを得ない事情があって金が必要になったら、一般市民を殺っちまうかもしれない。なんの罪もない人間を殺すのは、さすがに抵抗あるがな」

「そうだよね」

「見城ちゃん、何か言いたいようだな」

「おれの行動哲学とは違うが、百《どう》さんは百さんだ。裏ビジネスのやり方について、とやかく言う気はないよ。ただ……」

見城が口ごもった。

「ただ、何だい？」

「百さんが金欲しさに殺人マシーンのように罪のない堅気を平然と始末するようになったら、おれは一緒に酒を飲みたいとは思わなくなるだろうな」

「殺し屋にも、それなりの美学を持てってことか」

「美学というよりも、悪党《ワル》なりのダンディズムを持ちつづけるべきなんじゃないの？おれたちは法律を無視して、うまく立ち回ってる狡《ずる》い連中から巨額の口止め料をせしめ、時には抹殺もしてきた。しかし、なんの恨みもない弱者や敗北者を嬲《なぶ》ったりするのは卑《ひ》劣《れっ》だよ。百《どう》さんだって、そう思ってるにちがいない」

「ああ、それはな。けど、かけがえのない女や友人の命が危《あや》うくなったら、標的をシュートするかもしれないいな。現に四月には、ドイツ人難民救援活動家のペーター・シュミットを始末してしまった。卑劣な罠を見抜けなかったんで、善良なヒューマニストを死なせた。そのことでは大いに反省してるよ」

「ペーター・シュミットの件では……」

「わかってらあ。一生、十字架を背負うつもりだよ。ただの殺人マシーンにはならないようにすらあ。誓約書まで渡せないけどな」

「百さんらしい言い方だね」

「おれのことよりも、そっちはどうなんだ？　裏仕事はともかく、表稼業はせっせとこなしてるのかな」

「先月は浮気調査を三つこなして、蒸発したリストラ亭主の居所も突きとめたよ。そのうち強請《ゆすり》のほうも再開するつもりだ」

「そうか。情事代行は？」

「もうしばらく休業しようと思ってる」

「女は間に合ってるってわけか。死んだ里沙ちゃんそっくりの伊集院七海《いじゅういんななみ》とは、もう他人じゃねえんだろ？」

百面鬼は問いかけた。国立《くにたち》にあるケーブルテレビ局のアナウンサー兼パーソナリティーの七海は、この四月に殺された盗聴器ハンターの松丸勇介の知り合いだ。

松丸の弔《とむら》いに練馬の寺を訪れた七海を見て、百面鬼は危うく声をあげそうになった。見城の死んだ恋人に瓜《うり》二つだったからだ。

「想像に任せるよ」

「見城ちゃん、隠すことはないだろうがよ。そっちの一言で、彼女は黒縁眼鏡《くろぶちめがね》をすぐコンタクトレンズに替《か》えた。それは七海ちゃんが見城ちゃんに心を奪われた証拠だろう。で、女に手の早《はえ》え見城ちゃんは彼女をものにしちまった。そうなんじゃねえの？」

「まだキスしかしてない」

見城が答えた。

「女たらしが高校生の坊やみてえなことを言うなって。誰がそんな話を信じるよ」

「ほんとなんだ」

「見城ちゃん、どうしちゃったんだい!?」

「彼女はもう二十六歳だから、恋愛に慎重なんだ。里沙の代用品扱いされてるんじゃないかという僻《ひが》みがあって、もう一歩踏み出してこないんだよ」

「そういえば、気も強そうだったし、プライドも高そうだよな。里沙ちゃんの幻影を重ねられるのは迷惑だとはっきり言ってた。で、見城ちゃんはどうなんだ？」

「顔が里沙によく似てるんで、興味を持ったことは確かだよ。しかし、別に彼女を代用品にしたいと思ってるわけじゃない」

「つまり、恋愛感情を懐《いだ》きはじめてるってことだな」

「そうだと思う」

「なんか歯切れが悪いな。見城ちゃん、初心《うぶ》な少年に逆戻りしたみてえだぜ」

「相手が恋愛下手のようだから、こっちも少し慎重になってるんだよ」

「要するに、彼女を戯《たわむ》れの相手にはしたくないんだ？」

「そういうことになるんだろうな」

「だったら、見城ちゃんは彼女にもう惚れちまったんだよ。あの世で里沙ちゃん、喜んでるだろう。心底《しんそこ》惚れ抜いてた男が元気を取り戻したんだからさ」

百面鬼は言った。

「しかし、里沙が死んで一年も経ってない。新しい彼女をつくるのは少し早いような気もしてるんだ」

「そんなことはねえさ。見城ちゃんがいつまでも苦悩してたら、里沙ちゃん、成仏《じょうぶつ》できないぞ」

「そうかな」

「七海ちゃんと新しい愛を紡《つむ》げって」

「そうするか」

「おれとしちゃ、ちょいと辛《つれ》えけどな。七海ちゃんは松《まつ》の弟子でもあったわけだから、どうしても奴のことを思い出しちまう。おれが盗聴器ハンターの手を借りなきゃ、あいつは縛り首にされずに済んだんだ」

「松ちゃんは三十三年しか生きられなかったことを無念がってるだろうが、百《どう》さんのことは別に恨んじゃいないだろう。百さんの実家の寺できちんと弔ってやったことは、松ちゃんにも通じてると思うよ」

「だといいがな。見城ちゃん、近いうちゆっくり飲もうや」

「そうしよう。都合《つごう》のいいときに声をかけてくれないか」

見城が先に電話を切った。

百面鬼は、短くなった葉煙草《シガリロ》を灰皿の中に突っ込んだ。

その直後、雑居ビルの前にブリリアントシルバーのメルセデス・ベンツが停まった。

運転席から組員と思われる若い男が降り、後部座席のドアを恭《うやうや》しく開けた。車内から姿を見せたのは進藤泰晴だった。

写真よりも少し老けている。淡い灰色の背広をきちんと着ていた。ワイシャツは白で、ネクタイも地味だった。黒革のビジネスバッグを手にしていた。中肉中背だ。

進藤は若い男に何か言い、雑居ビルの中に消えた。若い男はベンツに乗り込み、すぐに走り去った。

進藤は一、二時間、事務所にいるのではないか。

百面鬼はクラウンを降り、六、七軒先にあるパン屋まで歩いた。ミックスサンドイッチ、ラスク、パック入りアイスコーヒーを買って、覆面パトカーに戻る。

百面鬼は先にサンドイッチを頬張り、ラスクを一袋平《たい》らげた。それでも満腹にはならなかった。何か重い夕食を摂《と》りたかったが、あいにく近くにレストランも鮨屋《すしや》もない。我慢するほかないだろう。百面鬼は背凭《せもた》れを一杯に倒し、上体を預けた。

十五分ほど過ぎたとき、刑事用携帯電話《ポリスモード》が着信音を奏《かな》ではじめた。

懐からポリスモードを摑み出す。ポリスモードは、五人との同時通話ができる。言うまでもなく、捜査対象者の顔写真の送受信も可能だ。制服警官たちにはPフォン《ピー》が貸与されている。

電話をかけてきたのは本庁公安部公安第三課の郷卓司《ごうたくじ》だった。警察学校で同期だった男で、同い年だ。

「百面鬼、公安関係《ハム》の情報だったら、いつでも集めるよ」

「春に大物右翼のことで四十万の情報料を渡してやったんで、おまえ、味をしめやがったな」

「えへへ。百面鬼、また小遣い回してくれないか。おまえが職務そっちのけで、丸々と太った豚を咬《か》んでることは薄々わかってたんだ」

「郷、おれを揺さぶってるつもりかよ」

「そうじゃない。おれを仲間に入れてほしいんだ。こっちの職場は桜田門だから、その気になれば、捜一《そういち》からサイバーテロ対策課の資料まで集められる」

「わかってるよ、そんなことは」

「だったら、おまえの裏ビジネスにおれも一枚噛ませろよ。四月に会ったときにも言ったが、公安の仕事には飽《あ》き飽きしてるんだ。出世もどうでもよくなった。少し副収入が欲しいんだよ」

「郷、おれが徒党を組んで何かやるように見えるか？」

百面鬼は訊いた。

「そうは見えないな」

「だろう？　おまえはおれが恐喝屋みたいなことをやってると疑ってるようだが、そんなことはしてねえ。こないだは個人的なことで、ちょっと郷から情報を入手しただけなんだ」

「百面鬼、警戒するなよ。おれたちは同じ釜の飯を喰った仲じゃないか。何があったって、同期のおまえを売ったりしないよ」

「おまえに小遣いを稼がせてやろうと思ったときは、こっちから連絡する。あんまり欲張らないで、じっと待ってろや」

「わかったよ」

郷が通話を切り上げた。百面鬼は舌打ちして、ポリスモードを懐に戻した。

そのとき、パワーウインドーのシールドがノックされた。すぐ近くに四十二、三歳の男が立っていた。眼光が鋭い。同じ刑事と思われる。

百面鬼はパワーウインドーのシールドを下げた。

「何か用か？」

「神奈川県警の者です。失礼ですが、警視庁管内の覆面パトカーですよね？」

「おれは新宿署の者だ」

「一応、警察手帳《パス》を見せてもらえますか」

「そっちが先に呈示するのが礼儀だろうがっ」

「ごもっともです。どうも失礼しました。組対《そたい》所属の井上彰《いのうえあきら》です」

相手が名乗って、警察手帳を見せた。やむなく百面鬼も警察手帳を呈示した。

「実は近くの住民から不審な車がずっと同じ場所に駐まってるが、やくざの殴り込みなんではないかという通報があったんですよ。まさか同業の張り込みとは思いませんでした」

「新宿で強盗殺人をやった野郎が横浜の知人宅に立ち寄る可能性があったんで、ちょっと張ってたんだ」

「その知人宅というのは、斜め前の雑居ビルの三階ですか？」

「雑居ビルの三階？」

「ええ、そうです。三階に港仁会進藤組の事務所があるんですよ」

井上が言った。

「おれがマークしてる被疑者《マルヒ》は、堅気のタイル職人だよ。ヤー公じゃない」

「そうでしたか。もし犯人が組関係者なら、捜査のお手伝いをさせてもらおうと思ったんですよ。上層部は警視庁にライバル意識を剝《む》き出しにしていますが、捜査の現場にいるわれわれは妙な縄張り意識なんか持ってません」

「おれたちも同じだよ。別に神奈川県警と張り合う気なんかない」

「そうですか。何か応援の要請がありましたら、すぐに急行します」

「ちょっと張り込み場所を変えたほうがよさそうだな」

「ええ、そのほうがいいでしょう」

「ご苦労さん！」

百面鬼は軽く片手を挙げ、覆面パトカーを走らせはじめた。四、五十メートル先で路地に折れ、大きく迂回《うかい》して元の通りに戻る。

井上の姿は掻《か》き消えていた。

もしかしたら、進藤がこの覆面パトカーに気づいて裏で繋がっている井上刑事に様子を見に来させたのかもしれない。百面鬼はクラウンを雑居ビルから三十メートルほど離れた路上に駐め、ふたたび張り込みはじめた。

第二章　仕組まれた陥穽《かんせい》

1

とうに午後十時を回っていた。だが、進藤はいっこうに組事務所から出てこない。

百面鬼は欠伸《あくび》をした。

退屈だった。しかし、焦りは禁物だ。マークした人物が動きだすまで、じっと耐える。それが張り込みの鉄則だった。それにしても、もどかしい。早く進藤に迫りたかった。

百面鬼はグローブボックスから、オーストリア製の高性能拳銃を取り出した。殺しの依頼人が用意してくれたグロック17だ。

万が一、進藤を殺り損《やそこ》なったときはこの拳銃を小松が隠し持ってたことを切札にして、焦《じ》れてきた。

千五百万の着手金は返さないつもりだ。返したくても、もう久乃に回してしまった。

百面鬼は銃身の冷たい感触を指先で味わってから、グロック17を元の場所に戻した。

数秒後、上着の内ポケットで私物の携帯電話が震動した。マナーモードにしてあった。

百面鬼は携帯電話を取り出し、ディスプレイを見た。

発信者は毎朝日報の唐津誠《からつまこと》だった。旧知の新聞記者だ。

四十七歳の唐津は、かつて社会部の花形記者だった。だが、離婚を機に自《みずか》ら遊軍記者になった変わり者である。

唐津は外見を飾ることに無関心だった。

脂気《あぶらけ》のない髪はいつもぼさぼさで、無精髭《ぶしょうひげ》を生やしていることも多い。服装にも無頓着《むとんちゃく》だ。上着の襟《えり》が捩《よじ》れていることは珍しくない。スラックスの折り目は消えっ放しだった。だが、記者魂《だましい》は忘れていない。スクープした事件は百件を超えているのではないか。正義感はきわめて強い。

といっても、いわゆる優等生タイプではなかった。

人情の機微《きび》を弁《わきま》え、弱者に注ぐ眼差《まなざ》しは常に温かい。唐津は権力や権威を振り翳《かざ》す人間を軽蔑《けいべつ》している。そのせいか、百面鬼の悪人狩りには目をつぶってくれている。唐津は見城とも親しかった。

「悪党刑事《デカ》、元気か？」

「なんとか生きてるよ。旦那のほうは毎晩、ソープ通いかな？」

「おれは金で女性を買うなんてことはしないよ」

「それじゃ、別れた奥さんの裸身を思い起こしながら、マス搔《か》いてるわけか。それとも、裏ＤＶＤの世話になってるの？　唐津の旦那のセックスライフを一度じっくり取材してみてえな」

百面鬼はからかった。

「いつから新聞記者《ブンヤ》になったんだよ。冗談はこれくらいにして、本題に入るか。三週間前に歌舞伎町のルーマニア・パブのホステス五人が忽然《こつぜん》と姿をくらました事件は当然、知ってるよな？」

「ざっくりとね」

「その五人のルーマニア人女性は東欧マフィアが直営してるトップレスバーで働いてたらしいんだが、そのときに密入国した北朝鮮の政府高官たちのベッドパートナーを務めたって未確認情報があるんだ。その話は事実なのか？」

「わからないな。旦那も知ってるように、おれは職務にほとんどタッチしてないからさ」

「それでも、捜査情報は耳に入ってくるだろうが？」

「おれは職場じゃ疫病神《やくびょうがみ》扱いされてる。話しかけてくる上司も同僚もいない」

「そんなふうにいつも予防線張ってると、おたくが見城君とつるんで非合法ビジネスに励んでたことを記事にするぞ」

「旦那、いつからブラックジャーナリストになったんだよ。治安のためには殉職《じゅんしょく》も厭《いと》わないと思ってる熱血刑事のおれが何か危《ヤバ》いことをしてるわけないじゃないの」

「よく言うよ。見城君と組んで何かボランティア活動でもしてたって言うのか」

唐津が呆《あき》れた声で言い、喉の奥で笑った。鳩《はと》の鳴き声に似ていた。

「当たり！　見城ちゃんとおれは地球の自然保護活動をずっとやってたんだよ。これからは、世界の難民救援にも力を尽くすつもりなんだ」

「似合わないことを言うなよ。『沙羅』で死ぬほど飲ませてやるから、さっきの話の真偽だけでも確かめてくれないか？」

「おれは他人《ひと》の酒も女も大好きだけど、職場じゃ徹底的に嫌われてる。誰も協力してくれないと思うよ」

「時間の無駄だったか」

「役に立てなくて悪かったたね。そのうち飲もうよ、旦那の奢《おご》りでさ」

百面鬼は電話を切って、葉煙草《シガリロ》を吹かしはじめた。半分ほど喫ったとき、見覚えのあるメルセデス・ベンツが覆面パトカーの横を走り抜けていった。

進藤が組事務所を出るのではないか。果たして、ベンツは雑居ビルに横づけされた。車の中から例の若い男が出てきて、雑居ビルの前の舗道にたたずんだ。

待つほどもなく進藤が姿を見せた。

組員と思われる若い男がベンツの後部ドアを開けた。進藤がリア・シートに坐る。ドライバーはドアを静かに閉め、急いで運転席に入った。

百面鬼はベンツが走りだしてから、クラウンのヘッドライトを点けた。充分な車間距離を保ちながら、ベンツを尾行しはじめる。

ベンツは裏通りから関内《かんない》駅の脇を抜け、馬車道《ばしやみち》に出た。自宅のある野毛とは逆方向だ。進藤は、どこかに立ち寄る気らしい。愛人宅に向かっているのか。

百面鬼は慎重にベンツを追尾《ついび》しつづけた。

やがて、ベンツは飲食街に入った。進藤は馴染《なじ》みのクラブかバーに顔を出す気なのだろう。

ほどなくベンツは奇抜なデザインの飲食店ビルの前に停まった。

例によって、若い男が後部座席のドアを開けた。進藤はドライバーに何か指示し、独《ひと》りで飲食店ビルの中に入っていった。ベンツは飲食店ビルの際に寄せられた。

百面鬼は覆面パトカーをベンツの数十メートル後方に停め、すぐにヘッドライトを消した。

どうやら進藤はお気に入りのホステスのいる店に行ったようだ。飲食店ビルの一階エレベーターホールで待ち伏せして、標的の頭をミンチにしてしまうか。

百面鬼はグローブボックスからグロック17を取り出し、ベルトの下に差し込んだ。

多分、進藤はしばらく飲食店ビルから出てこないだろう。百面鬼はシートの背凭《せもた》れを倒した。そのとき、見覚えのある中年男が飲食店ビルの中に入っていった。

神奈川県警組織犯罪対策部第四課の井上刑事だった。井上は進藤のいる酒場に行くにちがいない。刑事の勘だった。暴力団係の刑事は情報収集のため、やくざと飲食を共にすることが少なくない。

そうこうしているうちに、自然に黒い関係になってしまう。刑事が遣《つか》える捜査費は限られている。暴力団関係者に高級クラブを何軒も奢《おご》られても、相手をせいぜい居酒屋にしか連れていけない。そうしたことで、妙な負い目を感じる刑事も出てくる。

暴力団関係者にとっては、つけ込むチャンスだ。ベッドパートナーや小遣いを与えれば、相手は返礼のつもりで警察情報を洩《も》らす。接待に弱い刑事たちは、こうして堕落《だらく》していく。

意外に知られていないことだが、広域暴力団には元刑事の組員がたいてい数人いる。現職時代に味わった酒池肉林《しゅちにくりん》が忘れられなくて、自ら裏社会に入ってしまうわけだ。

もともと警察官と暴力団員は気質が似ている。どちらも権力に弱く、物の考え方が保守的だ。虚栄心も強い。尊大でもある。

したがって、元警察官でも組員をつづけられる。それどころか、居心地は決して悪くないだろう。井上も接待されつづけているうちに、贅沢《ぜいたく》な暮らしに憧《あこが》れるようになったのではないか。男にとって、酒、女、金は魔物だ。

百面鬼は葉煙草《シガリロ》に火を点《つ》けた。進藤と井上が一緒なら、エレベーターホールで犯行に及ぶわけにはいかない。百面鬼はゆったりと一服した。

飲食店ビルから井上が出てきたのは午後十一時過ぎだった。派手な顔立ちの若い女性を伴っていた。井上はにこやかな表情だった。

進藤に尻軽なホステスを宛《あて》がわれたようだ。二人は、これからホテルにしけ込むのだろう。

百面鬼はそう思いながら、二人を目で追った。いつの間にか、井上は連れの女性の腰に片腕を回していた。ハイヒールを履《は》いている連れのほうが十センチほど背が高かった。

やがて、二人の後ろ姿は見えなくなった。

進藤がひとりなら、予定通りに動くか。百面鬼は車のエンジンを切って、外に出た。湿気を含んだ夜気《やき》がまとわりついてくる。

百面鬼はネクタイの結び目を緩《ゆる》め、飲食店ビルの中に足を踏み入れた。エレベーターは二基あった。ホールには人の姿はなかった。エレベーターホールの右側に階段が見える。百面鬼は昇降口の近くに身を潜《ひそ》めた。エレベーターホールからは死角になる場所だった。

二十分ほど経つと、函《ケージ》の扉が開いた。

百面鬼は視線を投げた。三人の女に囲まれた進藤が上機嫌な様子で、和服姿の三十四、五歳の女性に何か語りかけている。相手は馴染みのクラブのママだろう。

二人のホステスらしい女は美しかった。ともに二十二、三歳だろうか。

クラブホステスたちが客を見送るのはわかりきったことなのに、ついうっかりしてしまった。百面鬼は自嘲《じちょう》した。

進藤がホステスたちと一緒に出入口に向かった。香水の残り香がエレベーターホールに漂っている。百面鬼もゆっくりと出入口に向かった。

三人のホステスが飲食店ビルの外に出た。すでに進藤はベンツの後部座席に乗り込んだらしい。女性たちが相前後して、深々と頭を下げた。

百面鬼は大股で飲食店ビルを出た。

すでにベンツは走りだしていた。百面鬼は覆面パトカーに飛び乗り、手早くイグニッションキーを捻《ひね》った。

ベンツは裏通りを左に折れると、高架沿いに進んだ。そのまま関内駅前を抜け、横浜スタジアムの脇を通過した。自宅とは方向が違う。進藤は愛人宅に行くのだろう。

百面鬼はステアリングを操《あやつ》りながら、確信を深めた。ベンツは中華街西門の前を抜けると、西之橋から山手通りに入った。百面鬼は少し車間距離を縮めた。

そのとき、急にベンツがスピードを上げた。フェリス女学院のキャンパスの裏手あたりだった。

尾行に気づかれたのか。

百面鬼はそう思いながらも、アクセルペダルを踏み込んだ。尾行していることを覚《さと》られたとわかったら、一気に加速してベンツを立ち往生させるつもりだ。

この先の元町《もとまち》公園のあたりはこの時刻なら、人影は絶えているだろう。ベンツに駆け寄って、進藤を撃てそうだ。

フランス料理で知られる山手十番館の先で、ベンツは右折した。百面鬼も、同じ道にクラウンを乗り入れた。

ベンツの尾灯《テールランプ》は、だいぶ遠ざかっていた。道の両側には豪邸が建ち並んでいる。

百面鬼は、さらに加速した。

その矢先、脇道からメタリックブラウンのシボレーが走り出てきた。百面鬼は急ブレーキをかけた。タイヤが軋《きし》んだ。上体が前にのめる。百面鬼は両腕を突っ張った。

シボレーは進路を阻《はば》む形で四つ角に停止したまま、動こうとしない。

百面鬼はクラクションを高く鳴らした。すると、シボレーのライトが消された。エンジントラブルを起こした様子ではない。

進藤組の者が組長を逃がすため、行く手を塞《ふさ》いだのだろう。

百面鬼は覆面パトカーを降り、シボレーに向かって走りはじめた。

と、シボレーの運転手がヘッドライトを灯《とも》した。百面鬼はグロック17をベルトの下から引き抜き、シボレーの前に出た。

ライトの光で、運転席はよく見えない。百面鬼は靴の先で左のヘッドライトを蹴った。ライトが砕《くだ》ける。車内には、ドライバーしか乗っていなかった。

百面鬼はもう片方のライトも蹴って消し、運転席に近づいた。ドアはロックされていた。百面鬼は銃把《グリップ》の角でパワーウインドーのシールドをぶっ叩き、ドアを蹴りまくった。

一分ほど経つと、ドライバーが観念してロックを解除した。

百面鬼はドアを開けた。運転手を引きずり出す。二十八、九歳の男だった。流行遅れのパンチパーマをかけている。

「進藤組の者《もん》だな？」

「あ、ああ」

「名前は？」

「そんなこと、どうでもいいじゃねえか」

「吼《ほ》えるな、若造が！」

百面鬼は相手のこめかみを銃把《グリップ》の底で強打した。パンチパーマの男が横倒しに転がった。

「やめてくれよ、荒っぽいことは。鈴木《すずき》だよ、おれは」

「進藤がおれの尾行に気づいた様子はなかった。神奈川県警の井上刑事がおれのことを進藤に密告《チク》ったんだなっ」

「なんの話をしてんだよ？」

「殺すぞ、てめえ！」

百面鬼は、鈴木と名乗った男の腰を思い切り蹴った。鈴木が体を丸めて、長く唸った。

「おたくの言った通りだよ。井上さんがおたくのことを組長《オヤジ》に話したらしい。で、組長はおれに電話してきて、尾行できないようにしろって言ったんだ」

「やっぱり、そうだったか。てめえも東京入管のGメンに化けて、不法滞在の外国人から金を強奪してやがったんじゃねえのかっ」

「えっ」

「もう関戸と久須美が自白《ウタ》ってるんだ。空とぼけても意味ねえぞ」

「おれはラオス出身の娼婦《パンスケ》のアパートに行って、四十数万いただいただけだよ」

「ついでに、その彼女を姦《や》ったんだろうが！」

「そのくらいの役得がなきゃね」

「盗人《ぬすっと》たけだけしいな。入管の職員を装うことを思いついたのは組長なんだな？」

「そうだよ。うちの組長は頭《ペテン》がいいんだ」

「ただ悪知恵が回るだけだろうが。頭《ペテン》がいいとは言わないよ」

「どうでもいいじゃねえか。それより関戸の兄貴たちは、新宿署の留置場《トリカゴ》に入れられてるんだな。あの二人から何も連絡がないんで、組長、心配してた。差し入れはできるんだろ？」

「どうなんだ？」

「関戸と久須美は、もう死んでる。犯した罪を深く反省して、二人とも死んで償《つぐな》う気になったようだな」

「冗談言うねえ。あの二人は殺されたって、くたばるもんかっ。おたくが関戸の兄貴たちを殺《や》ったんじゃないのか。そうなんだろっ」

「なぜ、そう思う？」

百面鬼は訊き返した。

「おたくの狙いが読めたからさ」

「どう読めた？」

「おたくは、おれたちが大久保や百人町に住んでる不法滞在者たちから奪《と》った金、それから麻薬《クスリ》や拳銃《チャカ》なんかをそっくり横奪《よこど》りする気なんじゃねえのか？」

「おれをそのへんの小悪党と一緒にすると、てめえの頭を撃《ハジ》くぞ」

「それじゃ、おたくの狙いは何なんだよ？」

「進藤に用があるだけだ。組長は情婦《おんな》の家《ヤサ》にいるんだなっ」

「組長にどんな用が……」

「てめえにゃ関係ねえことだ。愛人《レコ》の所に案内しな。ここで死にたくなかったら、早く起きろ！」

「案内できねえな。そんなことをしたら、おれは小指飛《エンコ》ばさなきゃならなくなる」

「なら、死ぬんだな」

「撃つな、撃つなーっ」

鈴木が言いながら、跳《は》ね起きた。

百面鬼は鈴木に後ろ手錠を掛け、覆面パトカーの助手席に押し込んだ。すぐに運転席に乗り込み、クラウンをバックさせた。迂回《うかい》して、元の通りに戻る。

「ちゃんと道案内しないと、走ってる車から突き落とすぞ」

「わかったよ。しばらく道なりに進んで、三つ目の信号を右折してくれ。少し行くと、左側に磁器《レコ》タイル張りの八階建てのマンションがある。そのマンションの三〇三号室に組長《オヤジ》の愛人が住んでるんだ。元レースクイーンだから、なかなかのナイスバディをしてる。瞳《ひとみ》って名で、二十四歳だよ」

「玄関はオートロック・システムになってるのか？」

「いや、誰でも自由に出入りできるマンションだよ」

「そうか。この半年で進藤は不法滞在者たちから、どのくらいの銭《ぜに》をせしめたんだ？」

「現金《ゲンナマ》は七千数百万だけど、麻薬《クスリ》と銃器を浜松の三島《みしま》組に流した分が三億にはなったはずだよ」

「関戸たちは最初、共友会小松組の組員と名乗ってた。てめえも逮捕されたときは、そうしろって進藤に言われてたのかっ」

「東京入管のGメンに化けた十六人は全員、そうしろって言われてた」

「進藤は何か小松組に恨みでもあるのか？」

「そのへんのことはわからねえな」

鈴木が口を結んだ。百面鬼は教えられた通りにクラウンを走らせた。

やがて、目的のマンションに着いた。百面鬼は覆面パトカーをマンションの少し先に停め、鈴木の手錠を外した。

「小指落《エンコ》としたくなかったら、このままどこかに逃《フケ》げるんだな」

「いいのかよ。そんなこと言って、後ろから撃《ハジ》くんじゃねえのか？」

「末端組員を撃っても自慢にゃならない」

「もし撃ったら、あの世でおたくを呪ってやるからな」

鈴木は助手席から転がるように出ると、勢いよく走りだした。あっという間に闇の中に吸い込まれた。

百面鬼はクラウンを降り、磁器タイル張りのマンションに急いだ。

エントランスロビーは、ひっそりと静まり返っている。百面鬼はエレベーターで三階に上がった。上着の右ポケットからピッキング道具を取り出し、三〇三号室に向かう。

百面鬼はドアに耳を当てた。玄関ホールのあたりに人のいる気配は伝わってこない。

百面鬼はピッキング道具を使ってドア・ロックを解いた。ドアをそっと開け、土足のまま玄関ホールに上がる。

百面鬼はグロック17のスライドを引き、初弾を薬室《チャンバー》に送り込んだ。後は引き金を絞れば、九ミリ弾が飛び出す。

短い廊下の先は居間になっていた。電灯が煌々《こうこう》と点いているが、動く人影はない。

間取りは2LDKだろう。百面鬼は忍び足で歩き、居間の白い仕切り戸を開けた。

と、左手にある和室から女のなまめかしい呻き声とモーター音がかすかに響いてきた。

進藤は電動性具《バイブレーター》を使って、愛人の官能を煽《あお》りまくっているようだ。

百面鬼は和室に忍び寄り、襖《ふすま》を細く開けた。

夜具に横たわった全裸の女性は、黒い革紐《かわひも》で亀甲《きっこう》縛りにされていた。黒い布で目隠しされていて、顔はよく見えない。

肢体《したい》は肉感的だった。不自然な形で押し拡《ひろ》げられた股間には、薄紫色のバイブレーターが深く突っ込まれている。裸女の足許で電動性具に強弱をつけているのは全裸の進藤だった。両肩から二の腕にかけて彫《ほ》りものを入れている。ペニスは半立ちだ。

百面鬼は襖を一杯に横に払った。

進藤がぎょっとして、振り向いた。何か言いかけたが、言葉にはならなかった。

「共友会の小松は濡衣《ぬれぎぬ》を着せられて、だいぶ頭にきてたぜ。奴にどんな恨みがあるんだい？」

「板前をやってるおれの弟が去年、小松組の賭場《とば》で五百万も負けたんだよ。いかさま《サマ》に引っかかったにちがいねえ」

「そういうことだったのか」

「小松に頼まれて、おれの命《タマ》奪《と》りに来たんだなっ」

「そういうことだ。くたばんな」

百面鬼はグロック17の引き金を一気に絞った。銃声が走り、進藤の頭が砕け散った。血の塊《かたまり》が瞳の白い肌に飛び散る。進藤が畳の上に倒れ、それきり動かなくなった。

「パパ、何があったの⁉　バイブのスイッチを切って。そこにいるのは誰なの？」

「名乗るほどの男じゃねえよ。電池が切れるまで、よがり声をあげてな」

百面鬼は進藤の愛人に言い、薬莢を拾った。そそくさと和室を出る。

2

久乃が慌《あわ》ただしく出かけた。

百面鬼は長椅子から上体を起こし、読み終えた朝刊をコーヒーテーブルに載せた。

代々木にある恋人の自宅マンションだ。

進藤を愛人宅で射殺した翌日の午前十時過ぎである。朝刊では前夜の事件のことはまだ報じられていなかった。百面鬼は遠隔操作器《リモート・コントローラー》を使って、大型テレビの電源を入れた。チャンネルを次々に替えてみたが、あいにくニュースを流している局はなかった。

瞳の部屋を出るとき、自分の指紋はきれいに拭《ぬぐ》った。薬莢《やっきょう》も回収した。素手で弾頭には触れていない。自分が神奈川県警に疑われるようなことはないだろう。仮に鈴木という組員が所轄の山手署に自分のことを話したとしても、空とぼければいい。

百面鬼は長椅子から腰を上げ、居間に隣接している寝室に入った。

ベッドメーキングされていて、情事の名残《なごり》は何もない。皺《しわ》だらけの喪服も久乃の手によって、どこかに片づけられていた。

横浜から久乃のマンションに戻ったのは午前一時過ぎだった。久乃はベッドで文庫本を読んでいた。女性作家のエッセイだった。

百面鬼は寝室に入る前から、いつになく烈《はげ》しい性衝動《リビドー》に駆られていた。進藤を撃ち殺したことが欲情を掻き立てたのか。あるいは、黒い革紐で亀甲《きっこう》縛りにされていた瞳の淫《みだ》らな姿が脳裏にこびりついていたからなのだろうか。

百面鬼は久乃の手から文庫本を取り上げると、シルクのパジャマとパンティーをせっかちに脱がせた。自分も衣服をかなぐり捨て、久乃にのしかかった。唇と乳首を吸いつけてから、久乃の秘部に顔を埋めた。

舌を使いはじめて間もなく、百面鬼は珍しく勃起《ぼっき》した。ノーマルな性行為ができそうな予感が胸に宿《やど》った。

しかし、百面鬼は昂《たか》まらなかった。結局、いつものように喪服の力を借りることになった。

二人は余韻《よいん》を全身で汲《く》み取ってから離れ、そのまま眠りに落ちた。

小松から半金の千五百万を貰わなければならない。

百面鬼はベッドに浅く腰かけ、サイドテーブルの上から私物の携帯電話を掴み上げた。ちょうどそのとき、着信音が響きはじめた。発信者は小松だった。

「いま、そっちに電話しようと思ってたんだ」

百面鬼は先に口を開いた。

「そうですかい。テレビのニュースで進藤のことを知りました。一発で仕留《しと》めてくれたんですね。さすがだな」

「相手は素っ裸で、愛人《レコ》との最中だったんだ。二発も使う必要はなかった」

「そういう状況なら、そうでしょうね。進藤がやっぱり偽入管Gメン強奪事件の首謀者だったんでしょう？」

「ああ、若い組員がそれを認めた。当の進藤には、わざわざ確かめなかったけどな」

「そうですか。進藤は、なんで小松組の犯行《ヤマ》に見せかけたんですかね。百面鬼さん、そのあたりのことは？」

「訊いたよ。進藤の実弟が小松組の賭場《とば》で五百万負けたとか言ってたな。そいつは板前をやってるらしい。堅気に五百万も遣《つか》わせたことに腹を立てたんだろう、兄貴としてはな」

「進藤姓の客はいなかったと思います」

「賭場で本名を使わない客は大勢いるだろうが」

「ええ、そうですね」

「小松組の賭場は、サイ本引《ほんび》きとバッタマキだったな？」

「ええ、そうです。毎週三回も盆が立ってたころは手本引《てほんび》きもやってたんですが、関東の人間は長丁場《ながちようば》の勝負は好きじゃないでしょ?」

「そうだな。で、サイ本引きを売りにするようになったわけだ」

「そうなんです。旦那はご存じでしょうが、手本引きは回り胴だから、自分が胴取ったときにうーんと抜かなきゃ、潰《つぶ》されちまいます」

「経験と博才《ばくさい》が物を言うんだな」

「その通りです。サイ本引きも最近は廃《すた》れ気味で、バッタマキが多くなりましたがね」

小松が言った。バッタマキというのは、花札を使った博打《ばくち》だ。俗にアトサキとも呼ばれている。

「客筋は中小企業のオーナー社長、医者、弁護士、政治家が多かったんだろう?」

「ええ、そうです。いわゆる旦那衆が大半なんですが、近頃はサラリーマンや自営業の連中もちびちびと賭《か》けてますよ。うちは、いかさま《サマ》は一切《いつさい》やってないんで、鮎《あゆ》の友釣りじゃありませんが、客が客を連れてきてくれるんです」

「進藤の弟も誰かに連れられて、小松組の賭場に顔を出すようになったんだろう。しかし、五百万もぶち込んだとしたら、中盆や合力《ごうりき》が進藤の弟のことを鮮明に憶《おぼ》えてそうだな」

百面鬼は言った。中盆は札を撒《ま》く者のことで、合力は場《ば》に出ている金を仕切る人間を指《さ》す。

「十万円を一折《ひとお》りにしたズクで張りつづける旦那衆が結構いますので、パンケン（チップ）使って遊んでる客は印象が薄いんですよ。それに、五百万も負けたというのは吹かしだと思います。堅気《ネス》がそこまで熱くなるケースは、めったにありませんので」

「そうだろうな。筋嚙《すじか》んでる勝負師は三千万、四千万の借金をこさえて、てめえの女房《バシタ》や情婦《おんな》をお風呂《ソープ》で働かせたりしてるけど、勤め人はボーナスをそっくり注《つ》ぎ込む程度なんだろう？」

「そうですね。それはそうと、百面鬼さん、ありがとうございました。お約束した残りの千五百万は、きょうの夕方お支払いします。午後六時にさくら通りの『しのぶ』に来ていただけますか」

「そこは、そっちの行きつけの小料理屋だったな」

「ええ、そうです。奥の座敷を押さえておきますので、ゆっくり飲《や》りましょうよ」

小松が電話を切った。

百面鬼は携帯電話をサイドテーブルの上に置いた。数十秒後、刑事用携帯電話《ポリスモード》の着信音が鳴りはじめた。

発信者は新宿署刑事課課長の鴨下進《かもしたすすむ》だった。ノンキャリア組だが、四十七歳のときに課長のポストに就《つ》いた出世頭だ。いまは五十二歳である。

「ちょっと訊きたいことがあって、電話したんだよ。昨夜《ゆうべ》、きみは横浜にいなかったかね？」

「いきなり何なの？　説明してほしいな」

「いいだろう。きのうの深夜、港仁会進藤組の組長の進藤泰晴が愛人の森谷《もりや》瞳の自宅マンションで何者かに射殺された。その事件《ヤマ》のことは知ってるか？」

「知らないな。少し前に起きたばかりで、朝刊も読んでないし、テレビのニュースも観《み》てないんだ」

「そうなのか」

「それで？」

「ついさきほど匿名《とくめい》の密告電話があったんだが、きみが前夜の横浜の射殺事件に深く関与してると言うんだよ」

「だから、おれのアリバイを……」

「そういうことだ。きのうの晩は、どこでどうしてた？」

「きのうは、ずっと都内にいたよ。横浜には行ってない」

「都内のどこにいたのかな？　具体的に答えてくれないか。連れがいたんだったら、その人物の名前と連絡先も教えてもらいたいね」

「ちょっと待ってよ。課長は密告を真《ま》に受けて、このおれを疑ってるんだなっ」

百面鬼は絡《から》んだ。

「別に疑ってるわけじゃない。一応、アリバイ調べをやっておくべきだと思ったんだ」

「課長は、おれの直属の上司なんだぜ。確かにおれは品行方正とは言えない。けど、おれはあんたの部下なんだ。部下を疑うなんて、ひでえじゃねえか」

「百面鬼君、冷静になってくれ。繰り返すが、わたしはきみを被疑者扱いしてるんじゃない。部下の潔白を証明したかったんで、敢《あ》えて訊きにくいことを……」

「わかったよ、教えてやらあ。きのうは知り合いの女と区役所通りでばったり会って、彼女の自宅に遊びに行ったんだ」

「その女性の名前と住所は？」

鴨下が早口で問いかけてきた。

「どっちも教えられない」

「どうして？」

「相手は人妻なんだよ。夫が出張中に彼女は、このおれを無断で家に泊めたんだ。課長が裏付《ウラ》けを取るために問い合わせの電話をかけただけで、彼女はパニックに陥《おちい》るだろう。神経がすごくデリケートなんだよ」

百面鬼は、とっさに思いついた嘘を澱《よど》みなく喋《しゃべ》った。

「相手の方にはショックを与えないような訊き方をするよ。それでも、まずいかね？」

「まずいな」

「その女性に電話もできないとなると、きみのアリバイが成立しないということになる」

「こっちの言葉をすんなり信じろや」

「しかし、単なる中傷やいたずら電話じゃなさそうだったんでね」

「課長、それはどういうことなんだ？」

「密告者は一般電話じゃなく、警察電話《ケイデン》を使ってたんだよ」

鴨下が言いづらそうに答えた。警視庁警務部人事一課監察の者か、警察庁の首席監察官の部下に尾行されていたのか。

百面鬼は一瞬、そう思った。しかし、尾《つ》けられている気配はまったくうかがえなかった。

瞳のマンションの前で解放してやった鈴木が、組長の進藤と癒着《ゆちゃく》していた神奈川県警の井上刑事に百面鬼が犯人臭いと注進《ちゅうしん》に及んだのか。それとも井上自身が刑事の勘を働かせて、進藤を撃ち殺したのは百面鬼だろうと見当をつけたのだろうか。

「密告者は神奈川県警の電話を使ったんじゃねえの？」

「百面鬼君、何か思い当たるんだな」

「実は個人的なことで、神奈川県警にいる男に逆恨《さかうら》みされてるんだ。その野郎がおれを困らせたくて、でたらめな電話をかけたのかもしれない」

「その男の名前は？　警視庁の刑事を陥《おとしい》れようとしたんだったら、黙ってはいられないな。神奈川県警に断固として抗議するよ」

「尻《けつ》の穴の小せえ男はほうっとこう。まともに相手になるのもばかばかしいからさ」

「しかし、このままじゃ、わたしの立場がないよ。百面鬼君、密告電話をかけてきた男の名前を教えてくれ」

「うざってえな」

「おい、きみ！　上司に向かって、その口のきき方はなんだっ」

「おれに文句があるんだったら、署長室で話を聞いてやろう」

「えっ」

「課長、どうする？　なぜだか署長は、おれに特別に目をかけてくれてるんだよ。覆面《メン》パトも、わざわざおれ専用に特別注文してくれたし、車種もクラウンにしてくれた。おれは、ひいきされてる。その理由《わけ》は、課長も察しがつくよね？」

「うん、まあ。署長は仕事のできる方だが、なかなかの艶福家《えんぷくか》でいらっしゃる。過去に多少の女性スキャンダルがあったのではないかと……」

「いまも愛人《レコ》を囲ってるよ、三人もな。その三人は働いてもいないのに、警備会社、店舗専門の不動産会社、信号機製造会社からそれぞれ六十万円の月給を貰ってる。つまり、署長は三人のお手当を三つの会社に肩代わりさせてるわけだ。友人に政治家が多いんで、裏金の作り方も学んじまったんだろうな」

「なんと答えればいいのかね」

「何も言わなくたっていいよ。ただ、おれが署長の急所握ってることは課長も忘れないことだね。署長は、おれの言いなりなんだ。課長を奥多摩あたりの所轄に飛ばしてもらうことは、わけない」

「百面鬼君、わたしが軽はずみだったよ。きみが殺人事件に関与してるはずないよな。わたしはきみを信じてるよ。だから、もう余計なことは何も訊かない。それでいいんだね？」

鴨下が取り入る口調で言った。

「課長は物分かりがいいな。もっと出世すると思うよ」

「いまのポストで充分だよ。高望みなんかしないから、署長にわたしの悪口は絶対に言わないでほしいんだ。頼むな、百面鬼君《くん》」

「他人《ひと》に何か頼むんだったら、せめて君づけじゃなく、さんづけにしてほしいな」

「おっと、そうだね。百面鬼さんの言う通りだ。これからは、ずっとさんづけで呼ばせてもらおう」

「好きにしてよ」

百面鬼は通話を切り上げ、葉煙草《シガリロ》をくわえた。

一服し終えたとき、またもや刑事用携帯電話《ポリスモード》が鳴った。ディスプレイを見ると、公衆電話と表示されている。

「百面鬼さんですね？」

神奈川県警の井上刑事の声だった。

「こっちのポリスモードのナンバー、どうやって調べやがったんだっ」

「あんまり素人っぽいことを言わないでくださいよ。われわれ刑事がその気になれば……」

「愚問だったか。新宿署に匿名の密告電話をかけたのは、そっちなんだなっ」

「ええ、そうです」

「なんで警察電話《ケイデン》なんか使ったんだ？」

「密告内容が偽情報《ガセネタ》じゃないということを先方に強調して、あなたにちょっと揺さぶりをかけたかったんですよ。昨夜《ゆうべ》、進藤組長を射殺したのは百面鬼さんですよね？」

「冗談も休み休み言え。おれは進藤とは一面識もないんだぞ。そんな相手をなんでシュートしなきゃならねえんだっ」

百面鬼は内心の狼狽《ろうばい》を隠し、努めて平静に喋った。

「ばっくれても無駄です。あなたに痛めつけられた鈴木が高飛び先から自分に電話をしてきて、進藤組長を撃ち殺したのはあなたにちがいないと言ったんですよ」

「おれを犯人扱いする前に、ちゃんと物証を集めな」

「百面鬼さん、一千万で手を打ちますよ。それだけ出していただけたら、鈴木から聞いた話はすべて忘れましょう」

「欲の深《ふけ》え野郎だ。てめえは進藤に警察の捜査情報を流して、ずっと小遣い貰ってたんだろうが。もちろん、高級クラブでも只酒《ただざけ》を飲ませてもらってた。昨夜《ゆうべ》は、進藤が用意したホステスとホテルにしけ込んだ。おれは、そこまで知ってんだぞ」

「暴力団係《マルボウ》は誰も暴力団関係者とは持ちつ持たれつの関係なんです。その程度のことは、別に弱みにはなりませんよ。しかし、あなたは進藤を射殺した。人殺しの罪は重いものです。たとえ相手が社会の屑《くず》でもね」

「銭が欲しいんだったら、進藤組にたかるんだな。進藤が十六人の組員に東京入管のGメンの振りをさせて、大久保や百人町に住んでる不法滞在の外国人から現金七千数百万と三億円相当の麻薬や拳銃を強奪させたことを知らないはずないからな」

「進藤はそんなことをさせてたんですか⁉　まったく知りませんでした」

井上が言って、喉の奥で笑った。

「喰えねえ野郎だ」

「あなたに殺しを依頼したのは、いったい誰なんです？　その人物からも一千万の口止め料をいただきたいと考えてるんですよ」

「おれは進藤を殺《や》っちゃいない」

「しぶとい方だな。進藤組の関戸と久須美が新宿に出かけた日から、ずっと消息を絶ったままです。二人の足取りを追えば、あなたに進藤を始末してくれと頼んだ人物が浮かび上がってきそうだな」

「好きにしやがれ」

「わたしの筋読みは間違ってます？」

「知るか、そんなこと！」

「また連絡させてもらいます。とりあえず、一千万円用意しといてくださいね」

「はっきり言っとく。てめえに一円だって払う気はない。よく覚えておきな」

百面鬼は電話を乱暴に切った。

3

二本目のビールが空になった。

百面鬼は手を叩いた。『しのぶ』の座敷である。あと数分で、午後六時半だ。

「お呼びでしょうか？」

中年の仲居が襖を開けた。

「ビールをもう一本頼む。それから、何か二、三品肴《さかな》を持ってきてくれないか」

「かしこまりました。それにしても、小松の親分、遅いですね」

「ああ。さっき小松に電話したんだが、携帯の電源は切られてた」

「そうなんですか。時間には割にうるさい方なのに、どうしたんでしょうかね」

「また後で小松に電話してみるよ」

百面鬼は言って、葉煙草《シガリロ》に火を点けた。仲居が襖を閉め、すぐに遠ざかっていった。

いくら組の遣り繰り《シノギ》がきつくなったからといって、千五百万の金が用意できないということはないだろう。何か予期せぬ出来事が起こったのではないか。

百面鬼は、そう思った。

他人に待たされるのは嫌いだった。しかし、殺しの成功報酬は全額受け取りたかった。

着手金の千五百万は久乃に回してやった。残りの金は自分のために遣《つか》うつもりだ。

葉煙草の火を揉み消したとき、ビールと数品の酒肴《しゅこう》が届けられた。

「女将《おかみ》がお客さまの分のコース料理を先にお出ししたほうがよろしいのかどうか、うかがってまいれと申しておりますが、どうなさいます？」

「小松が来てから、料理を出してくれればいいよ」

「わかりました」

仲居が襖を静かに閉めた。

百面鬼はビールを手酌で注ぎ、鱧《はも》に梅肉を和《あ》えた。しっかりと骨切りされていて、舌に当たるものはなかった。百面鬼はビールを半分ほど呷《あお》り、粒貝《つぶがい》の小鉢に箸を伸ばした。

粒貝は新鮮で、弾力があった。虎杖《いたどり》の酢味噌和えもうまかった。

残りのビールを飲み干したとき、懐で携帯電話が鳴った。小松からの電話にちがいない。

百面鬼は携帯電話を急いで取り出した。だが、発信者は伊集院七海だった。

「よう！　どうした？」

「二、三分よろしいでしょうか」

「二十分でも三十分でもいいよ」

「ありがとうございます」

「なんか思い詰めたような声だな。見城ちゃんの子でも孕《はら》んじまったか？」

百面鬼は冗談を口にした。

「わたしたち、そんな間柄ではありません」

「そうむきになることはねえだろうが。見城ちゃんのこと、嫌いじゃないんだろ？」

「ええ、それはね。でも、わたしたちはまだ恋仲ではありません。だから、親密な関係と思われるのはちょっと困るんです」

「堅いな、堅いよ。七海ちゃんはそれだけ擦《す》れてないってことなんだろうが、男とさらりと猥談《わいだん》できるようにならねえとな」

「わたしって、男性を退屈させるタイプなのでしょうか？　見城さん、わたしと会っていてもあまり愉《たの》しそうじゃないんです」

「見城ちゃんは恋の駆け引きが上手なんだよ。急に黙り込んだりしても、別に退屈してるってわけじゃないんだろう」

百面鬼は言った。

「そうなんでしょうか」

「多分な。見城ちゃんは七海ちゃんの母性本能をくすぐりたくて、わざと無口になったんだと思うよ。なにしろ、あの男は恋愛の達人だから」

「女性たちがほうっておかないのでしょうね。甘いマスクをしてるけど、男っぽいし、知力もあるから」

「そうだな。けど、見城ちゃんはただの女好きじゃない。遊びでつき合った女たちは大勢いるけど、惚れた相手には誠実なんだ」

「亡《な》くなった里沙さんを彼が深く愛していたことは、わたしにもよくわかります。でも、わたしは里沙さんの代用品になんかなりたくないんです」

「そりゃそうだよな。七海ちゃんは七海ちゃんなんだから、死んだ彼女の面影《おもかげ》を求められたら、女心が傷つくってもんだ」

「そうですよ」

「でも、見城ちゃんは、いまは七海ちゃんに関心を持ってるようだな」

「彼、わたしのことをどんなふうに言ってました？」

「惚れはじめてるとはっきり言ってたよ」

「ほんとですか」

七海の声が明るくなった。

「もちろんだ。死んだ里沙ちゃんのことに拘《こだわ》ったりしないで、胸の想いを素直に膨らませたほうがいいんじゃないのか。里沙ちゃんと張り合ったって、何も仕方ないよ。恋のライバルは、もうこの世にいないんだからさ」

「それだから、見城さんの哀惜《あいせき》の念は永久に消えないと思うんですよ。心の片隅にでも別の女性が棲《す》んでる男性《ひと》を愛すのは哀しいでしょ？　だって、相手のハートを独り占めできないわけですから」

「それは惚れ方によるんじゃないのか。相手にとことんのめり込めば、過去の女たちの残像は消えると思うよ」

「そうでしょうか」

「七海ちゃんは自分の想いを貫《つらぬ》けるだろう。見城ちゃんのことが好きだったら、迷ってないで、前に踏み出せよ。見城ちゃんがそっちをしっかり受け止めてくれるって」

「そうだといいんですけど」

「たとえ結果が裏目に出たとしても、そこまでやらなきゃ、気持ちがすっきりしないだろう？」

「ええ、そうですね。百面鬼さんのアドバイスを聞いたら、わたし、なんだか迷いが消えました。ありがとうございました」

「とにかく、当たって砕けろだ。それじゃ、またな」

百面鬼は電話を切り、また小松の携帯電話を鳴らしてみた。しかし、先方の電源は切られたままだった。

百面鬼は携帯電話を懐に戻し、グラスにビールを注いだ。肴を摘みながら、三本目のビールも空けてしまった。

百面鬼は組事務所に行ってみる気になった。腰を上げ、座敷を出る。

すぐ近くに七十歳過ぎの女将がいた。元新橋の芸者だ。和服の後ろ襟の抜き方が粋《いき》だった。

「お手洗いですか？」

「いや、そうじゃないんだ。ちょっと小松の事務所に行ってみるよ。何か異変が起こったのかもしれないんで」

「小松さん、どうしちゃったのでしょう？　時間には正確な男性《ひと》なのにね。お二人で店にお見えになったら、すぐ料理をお出しできるよう用意をしておきます」

「よろしく！」

百面鬼は『しのぶ』を出て、さくら通りを数十メートル歩いた。

覆面パトカーは個室DVDの店の前に駐《と》めてあった。路駐禁止ゾーンだったが、店の者がクラウンに何かいたずらをすることはないだろう。無線アンテナとナンバープレートの頭の文字で、すぐに警察の車とわかるはずだ。

百面鬼は覆面パトカーに乗り込んで、慌ただしく発進させた。さくら通りを直進し、花道《はなみち》通りを左折する。歌舞伎町交番の先を右に曲がり、東京都健康プラザハイジアの巨大な建物の脇を抜けた。

間もなく目的の雑居ビルに着いた。

百面鬼はクラウンを路上に駐め、小松組の事務所に急いだ。勝手に『小松エンタープライズ』のドアを開けると、居合わせた組員たちが一斉に振り向いた。どの顔も険《けわ》しい。

「百面鬼の旦那……」

奥から代貸の中谷文博が現われた。マスクが整い、上背《うわぜい》もある。

「小松とさくら通りの『しのぶ』で午後六時に落ち合うことになってたんだが、いっこうに姿を見せないから、ここにやってきたんだ。何かあったのかい？」

「組長《オヤジ》は『しのぶ』に行くと言って、六時前にここを出たんですよ。しかし、このビルを出た直後に横浜ナンバーの黒いキャデラック・セビルに乗った男たちに車の中に押し込まれて連れ去られたようなんです」

「横浜ナンバーの車だったって⁉」

「ええ。うちの縄張り《シマウチ》内で熟女パブをやってる男が偶然に拉致《らち》されたところを目撃してたんですよ。キャデラックに乗ってた三人の男は、筋者風だったと言ってました」

「そうか。先日、小松は港仁会進藤組の関戸と久須美を舎弟頭に始末させたよな？」

「ええ。進藤組が一連の偽入管Gメン強奪事件を小松組の犯行《ヤマ》に見せかけたんで、けじめを取ったんです」

「進藤組がそのことに気づいて、組長の小松を引っさらったのかもしれねえな」

「わたしも、そう思ってます。ただ、昨夜、進藤は何者かに殺《や》られましたよね？」

「そうだな」

百面鬼は短く応じた。組長の小松は殺しの依頼の件を代貸の中谷には明かしていない様子だった。

「うちの組長を拉致したのは横浜の進藤組だと思いますが、先方も取り込み中でしょう。なにせ組長が射殺されたんですからね。そんなときにわざわざ組長《オヤジ》を引っさらうというのがどうも……」

「進藤の子分どもは組長が灰になる前に小松の生首でも捧《ささ》げて、関戸と久須美の仇《かたき》は討ったと報告する気なのかもしれないぞ」

「そんなことはさせません。これから若い衆に召集をかけて、伊勢佐木町の進藤組に乗り込むつもりです。旦那、見て見ぬ振りをしてくださいね」

「中谷、頭を冷やせ。進藤組は組長を誰かに殺《や》られて、殺気立ってるんだ。おめえらが殴り込《カチコミ》みかけたら、全員、返り討ちにされるかもしれないんだぞ」

「こっちは全員、拳銃《ドウグ》呑んでいきます。何人かは撃《ハジ》かれるでしょうけど、みんなが返り討ちにされたりなんかしませんよ」

「中谷、おまえ、ばかか。組長の小松が人質に取られてるようなんだ」

「わかってますよ。一気に押し入って、組長《オヤジ》を救い出す作戦なんです」

「そう簡単に事が運ぶわけはない。進藤組は愚連隊《ぐれんたい》系の組織なんだ。拳銃はたっぷり隠し持ってるだろうし、自動小銃、短機関銃《サブマシンガン》、手榴弾《しゆりゆうだん》なんかも備《そな》えてるにちがいない。どう考えたって、勝負にならないよ」

「だからって、このまま何もしなかったら、おれたちは笑い者にされるでしょう。男が腰抜けなんて嘲笑《ちようしよう》されたら、屈辱《くつじよく》も屈辱です。おれたち博徒は任侠道を全《まつと》うしなきやならないんです。組長《オヤジ》のためなら、みんな、命を棄《す》ててもいいと思ってますよ」

中谷が力んで一気に喋った。

「もう斬った張ったの時代じゃない。もっとスマートに小松を奪い返すんだな」

「どんな手があるって言うんです?」

「条件によっては、このおれが動いてやってもいいぜ。警察手帳《チヨウメン》見せりゃ、進藤組の奴らだって下手なことはできないだろう」

「それは、そうでしょうね」

「いくら出せる?」

「そちらの条件を先に言ってくれませんか」

「おいおい、駆け引きする気かよ。まごまごしてたら、小松は殺《や》られるかもしれねえんだぜ」

「組長を無傷で救い出してくれたら、二千万差し上げます。それで、どうでしょう?」

「小松の命の値段がたったの二千万か。ずいぶん安く値踏《ねぶ》みされたもんだな」

「台所が苦しいんですよ、小松組《うち》も」

「有希夫人は小松が拉致されたことを知ってんのか?」

百面鬼は訊いた。

「いいえ、姐《あね》さんにはまだ何も話していません。心配かけたくないんでね」

「組長よりも姐さんのほうが大事みてえだな」

「おかしなことを言わないでくださいよ」

「なんか焦ってるな。有希夫人に惚《ほ》れたか？」

「邪推はやめてください。組長のほうが大事ですよ」

「だったら、もう少し色をつけろや。台所が苦しくたって、盆《ぼん》でちょいといかさま《サマ》やりゃ、かなりの額の銭を得られるだろうが」

「一度でもそんなことをしたら、旦那衆たちの足が遠のいてしまいます。それで、二度と小松組の場には来てくださらないでしょう」

「わかった、わかった。そっちにも事情があるだろうが、おれだって二千万じゃ内職はできねえ」

「わたしの才覚で都合つけられるのは三千万が限度です。百面鬼さん、それで何とか折り合ってもらえませんか。頼みます」

「三千万なら、手を打ってやるよ。けど、小松を救出したら、一週間以内に現金《ゲンナマ》で払ってもらうぞ」

「ええ、結構です。それじゃ、すぐ横浜に向かってもらえますね」

「そうしよう」

「よろしくお願いします」

中谷が深々と頭を下げた。

百面鬼は黙ってうなずき、『小松エンタープライズ』を出た。覆面パトカーに乗り込み、屋根《ルーフ》に磁石《じしゃく》式の赤い回転灯を装着させる。百面鬼はサイレンを派手に鳴らしながら、玉川通りに向かった。用賀《ようが》から第三京浜道路に入り、追い越しレーンを走りつづける。

進藤組が事務所を構えている雑居ビルに着いたのは一時間数十分後だった。

百面鬼はエレベーターで三階に上がり、進藤組の事務所のドアを開けた。頭のてっぺんに卍《まんじ》の刺青《いれずみ》を入れた若い男がいるだけだった。二十三、四歳だろうか。白ずくめだった。

「てめーっ、どこの者《もん》だ！」

「殴り込み《カチコミ》じゃねえから、大声出すな。小松組の組長を拉致したのは、進藤組なんだろっ。小松の監禁場所はどこなんでえ？」

「あんた、何者なんだよっ」

「新宿署の者だ」

「冗談こくな。どう見たって、刑事にゃ見えねえ」

「おれを苛《いら》つかせやがると、正当防衛に見せかけて撃《ハジ》くぞ」

百面鬼は言って、ショルダーホルスターからシグ・ザウエルP230Jを引き抜いた。官給された自動拳銃だ。小松から預かったグロック17は、覆面パトカーのグローブボックスに入れてある。

「それはシグ・ザウエルP230Jだよな？」

「ああ」

「ということは、あんた、本当に刑事なのか」

「さっきそう言っただろうが。小松はどこに閉じ込めたんだ？　早く監禁場所を吐かねえと、撃ち殺すぞ！」

「組の誰かが小松組の組長《オヤジ》を引っさらったと思い込んでるみてえだけど、そいつは早とちりだよ。進藤組長が殺されたんで、それどころじゃねえんだ。組のみんなは野毛の組長宅に集まって、今後のことを相談し合ってる」

「ほんとに小松を拉致した奴らはいねえんだな？」

「いないよ。なんなら、事務所の隅《すみ》まで検《しら》べてみな」

「進藤組に黒いキャデラック・セビルは？」

「アメ車はシボレーモンテカルロ一台しかねえよ。後はベンツが三台とロールスロイスが一台だ。キャデラックがなんだってんだよ？」

「小松を拉致した三人組は、横浜ナンバーの黒いキャデラックに乗ってた」

「それだけで、うちの組の犯行《ヤマ》と踏んだのかよ!?」

「進藤は偽入管Gメン強奪事件で小松組に罪をなすりつけようとした」

「あっ、そうか！　それで小松組は流れ者の殺し屋《ヒットマン》を雇って、うちの組長《オヤジ》の命奪《タマと》らせやがったんだな？」

「そうなのかもしれないな。奥に見える金庫にいくら入ってる？」

「現金は数十万しか入ってねえよ」

「不法滞在の外国人から強奪させた七千数百万と三島組に流した麻薬や銃器の代金をどこに保管してあるんでえ？」

「おれは下っ端だから、そんなことまでわからないよ。でも、うちの組の人間は小松を拉致してない。それは確かだって」

男が震え声で言った。嘘をついているようには見えなかった。

「邪魔したな」

百面鬼は拳銃をホルスターに戻し、進藤組の事務所を出た。いったい誰が小松を拉致させたのか。目撃証言によれば、三人組はやくざ風だったという。

神奈川県警の井上刑事が自分と小松の繋がりを嗅《か》ぎつけて、強引に二人から口止め料を脅し取る気になったのか。考えられないことではない。

百面鬼は雑居ビルを出ると、覆面パトカーのクラウンで野毛に向かった。

進藤組長の自宅は造作《ぞうさ》なく見つかった。洒落《しやれ》た洋館だった。館《やかた》の前には、六、七人の組員が立っていた。

百面鬼は通夜の弔《とむら》い客を装って、洋館の中に入った。亡骸《なきがら》は玄関ホールに面した広い応接間に安置されていた。その周りには遺族と組の幹部たちが坐っている。

百面鬼は型通りに焼香を済ませると、すぐに応接間を出た。トイレを借りる振りをして、家の中を素早く調べ回る。しかし、小松はどこにも監禁されていなかった。無駄骨を折ってしまった。

百面鬼は玄関ホールに向かった。

4

老父の手は骨張っていた。

たるんだ皮膚は染《し》みだらけだった。何か痛ましい感じがする。晩婚だった父は、八十一歳になっていた。

百面鬼は労《いたわ》りを込めて、父の痩《や》せ細った右手の甲を撫《な》でさすった。昨夜、横浜から東京に戻る途中、母から電話がかかってきた。父が倒れたという報《しら》せだった。

母は心細げで、明らかにうろたえていた。百面鬼は母にかかりつけの医者に往診してもらえと指示し、急いで生家に戻った。親の家に帰ったのは半月ぶりだった。

すでにホームドクターはいなかった。脳の血流が数秒詰まって倒れ込んだという父は、自分の寝間《ねま》で臥《ふせ》っていた。血管拡張剤を投与されたからか、顔色はそれほど悪くなかった。

それでも、やはり衰《おとろ》えは隠せなかった。百面鬼は父が鼾《いびき》をかきはじめると、寝間をそっと出た。庫裡《くり》で母と話し込み、自分の部屋に引き揚げる。

室内は清潔だった。母が毎日、掃除をしてくれているのだろう。

めざめたのは午前九時半ごろだった。母と一緒に朝食を摂《と》ってから、父の様子を見にきたのだ。

「親父、もう大丈夫だよ。おふくろが弟に連絡しなかったのは正解だったな。弟はおれと違って、エリート判事だから、いつも職務で忙しいにちがいない」

「確かに次男は出来がよかった。だがな、あいつは親不孝者だ。寺の子に生まれながら、よりによってクリスチャンになりおって」

「いいじゃねえか。人には信教の自由ってやつがある。親は親、子は子だよ」

「しかしな」

「弟よりも、おれのほうがずっと親不孝してるよ。警察官になっちまったし、嫁さんには数カ月で逃げられたしな」

「敏江《としえ》さんとは縁がなかったんだよ。彼女が再婚したのは六年前だったかな」

父が訊いた。

「ああ、そうだよ。再婚相手は子持ちの工務店の社長だって話だが、多分、うまくやってるんじゃねえのかな」

「だろうね。竜一、いまだから訊くんだが、敏江さんとは性格の不一致というよりも、夜の生活で何か問題があったんじゃないのか。だから、半年も保《も》たなかったんだろう？」

「それ、どういう意味なんだよ」

「もしかしたら、おまえは不能者なんじゃないのか。そうだったとしたら、一度知り合いの尼僧《にそう》を紹介してやろう。その女性はもう七十過ぎなんだが、十八のころから長いことお妾《めかけ》さんをやってたせいか、インポ治しの名人なんだよ。どんな年寄りでも勃起する方法を教えてくれるそうだ」

「逆だよ、逆！」

「え？」

「こっちが精力絶倫だったんで、敏江は呆《あき》れて実家に逃げ帰ったんだ」

「毎晩、求めたのか？」

「ああ。それも最低二回はね」

百面鬼は、さすがに父親には事実を語れなかった。

「それは色欲《しきよく》が強過ぎるな。敏江さん、毎日数時間しか寝られなかったのか。気の毒な話だ」

「親父も若いころは、けっこう好きだったんじゃねえの？」

「うん、まあ。母さんには内緒にしといてほしいんだが、独身のころは夜ごと娼婦と戯れとったな」

「生臭坊主め！　おれの女好きは親父の血だね」

「そうなんだろう。こんな話は、どこかの判事殿とはできない。弟のほうは真面目一方だからな」

「それはわからないよ。あいつは、むっつり助平なんじゃねえのかな。弟にも、親父の血が流れてるわけだからさ」

「そうか、そうかもしれないな」

「いつか三人で高級ソープに繰り込むか」

「考えておこう。冗談はさておき、竜一に頼みがあるんだ」

父が改まった口調で言った。

「本堂の屋根の瓦《かわら》がだいぶ傷《いた》んだけど、檀家《だんか》の連中は寄進《きしん》を渋ってる。だから、少し金を回してくれないか。おおかた、そんなとこなんだろ?」

「どんなに貧乏したって、息子に無心《むしん》するような真似はせんよ」

「外れたか」

「父さんも高齢者だ。また倒れて入院生活が長くなったら、竜一にこの寺を継いでほしいと思ってるんだ。どうだろう?」

「おれがここの住職になったら、寺の名を汚《けが》すことになるな。それに、おれはもともと坊主に向いてない」

「いまの仕事に満足してるようにも見えんがな」

「いや、それなりに充実した日々を送ってるよ」

「おれが中学生のころに寺で雲水《うんすい》やってた久米《くめ》さんは、岩手の山寺を預かってるって話だったよな？」

百面鬼は確かめた。

「そうだが……」

「久米さんは確かお寺の子じゃなかったよね」

「彼の父親は高校の教員だったんだ。日本史の先生だったかな。教育者にありがちなんだが、父親は本音と建前がまるっきり違ってたらしい。そんなことで久米君は父親を軽蔑し、人間不信に陥って仏の道に入ったんだよ」

「そういう僧侶《そうりょ》こそ、この寺の跡を継ぐべきなんじゃねえか。だいたい世襲制に拘《こだわ》ることが時代遅れだし、おれは俗っ気が抜けないから、親父の跡は継げないよ」

「やっぱり、無理か」

父は落胆した様子だった。

「久米さんに打診してみなよ。田舎の山寺が格下ってわけじゃないが、喜んで寺に来てくれるんじゃないの？」

「そうだろうか」

「弱ったな」

「とにかく一度、相談してみなって」

「そうするか」

「早く元気になって、おふくろを安心させてやれよ。また顔を出さあ」

百面鬼は立ち上がって、父の寝間を出た。庫裡《くり》を覗《のぞ》くと、母が精進《しょうじん》揚げの下拵《したごしら》えをしていた。

「昼食、稲庭《いなにわ》の素麺《そうめん》にしようと思ってるの。食べていくでしょ？」

「あんまりゆっくりしてられないんだ。新宿署管内で凶悪な殺人事件が発生したんだよ」

「そうなの。いろいろ大変ね。お父さんから跡継ぎの件を言われた？」

「ああ」

百面鬼は自分の考えを伝え、かつて修行僧だった久米のことにも触れた。

「お父さん、がっかりしてたでしょ？」

「ああ、ちょっとな。でも、おれの人生だから、好きなように生きたいんだ」

「竜一の考えは別にわがままじゃないわ。だけど、お父さんとしては……」

母が伏し目になった。

「親父の気持ちもわからないわけじゃないが、立派に僧侶をやれる人物が跡を継ぐべきだよ。そうじゃないと、檀家に対しても失礼じゃないか」

「そうだろうけど」

「おふくろがうまく親父と檀家たちを説得してくれないか。親父は徐々に元気になると思うよ。それじゃ、おれ、行くわ」

百面鬼は庫裡を出て、本堂脇にある玄関に向かった。

覆面パトカーは境内の隅に駐《と》めてあった。クラウンに乗り込み、エンジンをかけた。冷房の設定温度を十八度にしたとき、上着の内ポケットで携帯電話が着信音を奏《かな》ではじめた。

百面鬼は、すぐに携帯電話を耳に当てた。

「小松組の中谷です」

「組長《オヤジ》がどこかで保護されたのか？」

「そ、それが……」

中谷が声を詰まらせた。

「小松が死んだんだな？」

「ええ。千葉県茂原《もばら》市の宅地造成地で組長の撲殺体が午前九時過ぎに発見されたそうです。金属バットで頭を叩き潰《つぶ》されてたようです。いま姐《あね》さんと舎弟頭の清水が茂原に向かっています」

「そうか。これで、そっちから三千万円を貰えなくなっちまったな」

危うく百面鬼は、進藤殺害の謝礼の残金も貰えなくなってしまったことを口走りそうになった。

「百面鬼さん、ちょっと無神経でしょ。組長《オヤジ》は殺されたんですよ。こんなときに成功報酬のことを言わなくてもいいでしょうが！」

「小松の死を悼《いた》んで、涙ぐめってのか？　おれと小松は友達《ダチ》同士じゃない。三千万儲け損なったほうがショックだよ」

「とにかく、そういうことですので、お願いした件は忘れてください」

「わかった。で、小松はきょうの午後にも司法解剖されるのか？」

「司法解剖は明日の午前中に千葉県内の医大の法医学教室で行なわれ、午後には遺体は組長宅に搬送《はんそう》されることになってるんです」

「それじゃ、明日が仮通夜か」

「ええ、そうです」

「時間の都合がついたら、焼香に行くよ」

「無理しなくても結構です。旦那は職務で、いつもお忙しいようですので」

中谷が皮肉たっぷりに言って、通話を切り上げた。

取りっぱぐれた千五百万円を誰かから、しっかりとぶったくるつもりだ。小松の後妻に進藤殺しを引き受けたと打ち明けて残金を回収するのが最も手っ取り早いのだが、まさかそうもいかないだろう。殺人依頼を受けたという証拠があるわけではない。

百面鬼は携帯電話を懐に戻し、葉煙草《シガリロ》をくわえた。

千五百万円は小松殺しの犯人に肩代わりさせるべきだろう。きっと実行犯は、黒いキャデラックに乗っていた三人組のうちの誰かにちがいない。単独犯か複数犯だったのかはともかく、拉致犯たちの犯行と考えられる。

前夜、進藤組事務所にいた若い組員は組の車の中に黒いキャデラックはないと言い切った。そのことは事実だろう。

だからといって、進藤組が小松の殺害に関与していないとは断定できない。組員たちが盗んだキャデラックを犯行に使った可能性もあるからだ。千葉県内で小松を撲殺したことにも作為《さくい》が感じられる。神奈川県内で犯行に及ばなかったのは、捜査当局の目を眩《くら》ませるためだったのではないのか。

もう少し手がかりが欲しい。千葉県警に親しくしている刑事がいればいいのだが、あいにくそういう男はいなかった。郷に訊いてみるか。

百面鬼は私物の携帯電話で、警視庁の郷に連絡を取った。待つほどもなく郷が電話口に出た。百面鬼は先に口を開いた。

「郷、千葉県警に親しい奴はいるか？」

「何人かいるよ。どんな情報が欲しいんだ」

「茂原市内で歌舞伎町の小松組の組長が殺《や》られたんだよ」

百面鬼は、小松組の代貸から聞いた話を伝えた。小松が横浜ナンバーの黒いキャデラックに乗った暴力団関係者らしい三人組に拉致されたことも喋った。

「その事件《ヤマ》のことは知らなかったが、どうせ所轄署に捜査本部が設けられるだろう。千葉県警の捜一と組対の両方に知り合いがいるから、早速、捜査情報を入手してやるよ」

「よろしく頼まあ」

「百面鬼、謝礼はいくらくれる？」

「情報《ネタ》の内容によっては、三十万払ってやるよ。けど、役に立たない情報だったら、三万だな」

「たったの三万だって!? それじゃ、情報提供者を居酒屋に連れていったら、足が出ちゃうよ。最低十万は払ってほしいな」

「わかった」

「ある程度の情報が集まったら、おまえに連絡するよ」

郷が先に電話を切った。百面鬼は携帯電話を所定のポケットに収め、短くなった葉煙草《シガリロ》を灰皿の中に突っ込んだ。

そのとき、庫裡から母が現われた。百面鬼はパワーウインドーのシールドを下げた。

「あら、まだそこにいたのね」

「ちょっと同僚刑事と電話で捜査の段取りを決めてたんだ」

「そうなの。梅雨が明けたら、毎日暑くなるだろうから、ちゃんと食事は摂《と》りなさいよ」

「わかってるよ。墓地の掃除？」

「そう。二代目、三代目の檀家さんはスナック菓子を食べながら、祖父母のお墓参りに来て、空き袋をそのへんに捨てていくのよ」

母がぼやいた。

「そんな檀家は、出入り禁止にしちまえばいいんだ」

「そうはいかないわよ。その人たちの両親や祖父母には、いろいろ寄進してもらったんだから」

「金なら、おれがいつでも回してやるよ。俸給は安いけど、けっこう余禄《よろく》があるんだ」

「あんた、まさか悪いことをしてるんじゃないでしょうね」

「おふくろ、おれを信用してくれよ。それじゃ、またな」

百面鬼はパワーウインドーのシールドを上げ、覆面パトカーを走らせはじめた。

境内を出ると、環八通りに向かった。神奈川県警の井上刑事の動きを探ってみる気になったのだ。

ひょっとしたら、井上は小松が関戸と久須美を始末させた事実を嗅ぎ当てたのかもしれない。それで、知り合いの組員たちに小松を拉致させて、口止め料を脅し取る気だったのではないか。だが、小松にシラを切られたので、三人組に始末させたのかもしれない。

百面鬼はそう筋を読んだが、すぐに打ち消した。

進藤に小遣いを貰っていた男がそこまでやる度胸はないだろう。となると、やはり進藤組の幹部の誰かが消息不明の関戸たち二人が小松組に消されたことを知って、仕返しをしたのだろうか。百面鬼はあれこれ推測しながら、第三京浜道路の東京ＩＣ《インターチエンジ》に急いだ。

横浜にある県警本部に着いたのは午後二時近い時刻だった。

百面鬼は井上の知人を装って、組織犯罪対策部第四課に電話をかけた。井上は職場にいた。百面鬼は井上が電話口に出る前に電話を切った。

それから彼は覆面パトカーを通用門の見える場所に駐め、張り込みを開始した。

時間が虚《むな》しく流れ、陽《ひ》が落ちた。井上が姿を見せたのは午後七時十分前だった。井上は慌ただしくタクシーに乗り込んだ。

百面鬼は、井上を乗せたタクシーを追尾《ついび》した。

タクシーが停まったのは、山下公園の真ん前にあるシティホテルだった。井上はタクシーを降りると、急ぎ足で館内に入っていった。百面鬼はクラウンを海岸通りに駐め、井上を追った。エントランスロビーに足を踏み入れ、視線を巡らせる。

井上は奥のソファに腰かけていた。栗毛の白人女性と談笑していた。

女は二十代の半《なか》ばだろう。それほど美人ではないが、笑顔がチャーミングだ。身なりは派手だった。ホテルを稼ぎ場にしている高級娼婦《しょうふ》か、多国籍クラブのホステスだろう。

百面鬼は物陰に身を潜《ひそ》め、二人の様子をうかがった。ほどなく井上と白人女性は立ち上がり、ホテルの前でタクシーに乗り込んだ。

百面鬼はタクシーが走りだしてから、クラウンに飛び乗った。井上たちを乗せたタクシーを尾《つ》けはじめる。どこかで食事をするのなら、クラブホステスと同伴出勤なのだろう。

百面鬼はタクシーを尾行しつづけた。

タクシーは湘南《しょうなん》方面に向かっている。行き先の見当はつかなかった。タクシーはJR鎌倉駅の前を走り抜け、北鎌倉方面に向かった。

坂道を登り切り、円応寺《えんのうじ》の少し先で停止した。タクシーを降りた井上と白人女性は、右手にある建長寺《けんちょうじ》の山門を潜《くぐ》った。

百面鬼は覆面パトカーを鎌倉学園の横に停め、グローブボックスからストロボ付きの超小型カメラを取り出した。それを上着の右ポケットに入れ、車を降りた。

速足で山門を抜ける。建長寺から半僧坊《はんそうぼう》に抜けるハイキングコースは桜の名所として有名だ。その先の瑞泉寺《ずいせんじ》から鎌倉宮に至るコースは人気があり、鎌倉市街地や相模湾《さがみ》が一望できる。

井上と栗毛の白人女性は腕を絡《から》ませながら、ハイキングコースをのんびりと散策していた。夜とあって、二人のほかに人影はない。白人女性は井上の愛人なのか。

百面鬼は足音を殺しながら、二人を尾けた。

桜並木が途切れた先で、井上たちは林の中に分け入った。

百面鬼は少し間《ま》を取ってから、林の中に足を踏み入れた。灌木《かんぼく》を除《よ》けながら、奥に進む。

突然、女性の短い悲鳴がした。井上の喚《わめ》き声も聞こえた。何か相手を罵《ののし》っている。

百面鬼は林の奥に向かった。影絵のように見える樹木の向こうで、二人が揉み合っていた。百面鬼は闇を透《す》かして見た。井上が女性の首に柄物ネクタイを巻きつけ、両手でぐいぐいと締め上げている。

百面鬼は二人にできるだけ近寄り、超小型カメラを構えた。シャッターを押す。ストロボの白っぽい光が暗がりを明るませた。井上が驚き、顔を向けてきた。百面鬼は、たてつづけにシャッターを二度押した。

井上が女性の首からネクタイを外し、丸めて綿ジャケットのポケットに突っ込んだ。白人女性が喉に手を当てながら、井上から離れた。

「そこにいるのは誰なんだ⁉」

百面鬼は超小型カメラをポケットに戻し、ホルスターから自動拳銃を引き抜いた。

「おれだよ」

「その声は百面鬼だな」

井上が絶句した。百面鬼は拳銃を突きつけながら、井上の前に出た。

「殺人未遂の証拠写真をどうするかな。連れの女はアメリカ人か？」

「いや、ニュージーランド人だよ。サラという名で、語学学校の講師をやってる。関内のショットバーで知り合って五カ月ほどつき合ったんだが、わたしに妻と別れて結婚してくれって迫るようになったんだよ」

「うるさくなったんで、サラを殺《や》っちまう気になったわけか」

「あんたから一千万の口止め料をせしめたら、サラに五百万ほど手切れ金をやるつもりでいたんだが、すぐには金を脅し取ることは難しいと判断したんで……」

井上がうなだれた。そのとき、サラが日本語で百面鬼に話しかけてきた。

「あなたは誰なの？」

「新宿署の刑事《コップ》だ。そっちが結婚したがってる男は屑野郎だぜ。こんな男とは、さっさと別れちまいな」

「言われなくても、そうするわ。わたしを殺そうとした男を愛しつづけることなんかできないもの」

「後《あと》のことはおれに任せて、そっちは自分の家に帰ってくれ」

百面鬼は言った。サラがうなずき、林の中から出ていった。

「自分をどうする気なんだ？」

井上が開き直った口調で言った。

「さて、どうするかな」

「こっちだって、あんたの弱みを知ってる。物証はまだ摑んでないが、あんたが進藤を射殺したことは間違いない。状況証拠はクロもクロだ」

「そう、その通りだ。小松組の組長に頼まれてな。小松は偽入管Gメン強奪事件の罪をおっ被せられたことで、進藤に腹を立ててたんだ」

「やっぱり、そうだったか」

「今度は、おれが質問する番だ。井上、てめえは進藤殺しの依頼人が小松と睨《にら》み、奴を三人組に拉致させて口止め料を脅し取ろうとしたんじゃねえのかっ」

「そ、そんなことはしてない」

「進藤組の幹部に組長の仕返しをしろと焚《た》きつけただけなのか？」

「わたしは、そんなこともしてないよ。嘘じゃない」

「てめえが正直者かどうか、体に訊いてみるよ」

百面鬼はシグ・ザウエルＰ230Ｊの銃口を井上の額に押し当てた。

「嘘なんかついてない」

「どうだかな」

「自分を信じてくれーっ」

井上が全身を震わせはじめた。

「怕《こえ》えか？」

「それは怕《こわ》いさ」

「だったら、素直になれや」

「さっきから、ほんとのことしか言ってないよ」

「そうかい。一応、信じてやらあ。小松を拉致した三人組に心当たりがあるんじゃないのかっ」

「ない、ないよ」

「進藤組の幹部が小松を始末したんじゃねえのか？」

「多分、そうじゃないだろう。そうなら、そういう話がこっちの耳に入ってくるはずだからな」

「てめえは、それだけ進藤組とべったりだったわけだ？」

「…………」

「どうなんでえっ」

百面鬼は語気を荒《あら》らげ、引き金の遊びをぎりぎりまで絞り込んだ。

「やめろ！　撃つなっ。否定はしないよ」

「それだけ癒着してたんだったら、進藤が組員たちに大久保や百人町で強奪させた七千数百万、それから麻薬と銃器を三島組に売り捌《さば》いて得た三億円がどうなったかも知ってるなっ」

「進藤に探りを入れてみたんだが、組長は笑ってごまかした。おそらく野毛の自宅のどこかにあるんだろう」

「そいつをなんとか見つけ出しな」

「無理だよ、そんなことは」

「偽の家宅捜索《ガサイレ》かけりゃいいだろうが。隠し金をうまく没収したら、すぐ連絡しろ。言っとくが、おれが進藤を殺《や》ったことはてめえの切札にゃならねえぞ」

「どうして？」

井上が問いかけてきた。

「仮にてめえが必死こいて物証を集めても、おれはまず手錠《ワッパ》打たれることはない」

「あんた、大物政治家か警察官僚《キャリア》の弱みを押さえてるのか!?」

「まあ、そんなところだ。だから、おれに逆《さか》らわねえほうがいいぜ。さっき撮った写真を使われたくなかったら、進藤の自宅を物色《ぶっしょく》してみるんだな」

「悪党だな、あんたは」

「てめえは小悪党だ」

百面鬼は井上の睾丸《こうがん》を膝頭で蹴り上げた。

井上が唸《うな》りながら、ゆっくりと頽《くずお》れた。百面鬼は口の端を歪《ゆが》め、大股で歩きだした。

第三章　盗まれた死体

1

ブレンドコーヒーを飲み終えた。

百面鬼は茶色い葉煙草《シガリロ》に火を点けた。日比谷公園内にあるレストランの一階だ。そこはティールームでもあった。

神奈川県警の井上に脅しをかけた翌日の午後三時数分前である。百面鬼は本庁公安第三課の郷刑事を待っていた。午後一番に郷から電話があり、この店で落ち合うことになったのだ。

葉煙草が半分近く灰になったころ、郷が飄然《ひょうぜん》と店内に入ってきた。

中肉中背で、一見、教師風である。だが、何かの弾みで眼光が鋭くなる。やはり、刑事だ。

百面鬼は片手を掲げ、喫いさしの葉煙草の火を消した。

郷が向かい合う位置に坐る。すぐにウェイターが水を運んできた。郷はメニューを見てから、グレープジュースを注文した。ウェイターが下がる。

「きのうの夜は、千葉県警の知り合いとだいぶ飲んだみてえだな」

百面鬼は言った。

「一課の奴とは久しぶりに会ったんで、結局、三軒ハシゴすることになったんだ。終電に間に合わなくて、タクシーでご帰還だよ。かなり経費がかかったから、謝礼は多めに出してもらわなきゃな」

「内容によるな。で、どうだったんだ？」

「凶器の金属バットは死体発見現場近くの小川に沈められてたそうだよ」

「指紋《モン》は？」

「握り《グリップ》に二人の男の指紋と掌紋《しょうもん》が付着してたってさ。その二人が代わる代わる金属バットで小松の頭部をぶっ叩いたんだろう。解剖所見によると、頭蓋骨《ずがいこつ》はぐちゃぐちゃだったらしいよ」

「指紋と掌紋から、被疑者《マルヒ》は浮かび上がったのか？」

「ひとりは前科《マエ》のある元テキ屋で、柴道夫《しばみちお》、三十一歳だ。もうひとりは犯歴がなかったんで、氏名も職業も不明だという話だったな」

「そうか。捜査本部は、もう柴を任意同行させたんだろ？」

「別件で身柄《ガラ》を押さえるつもりだったみたいだが、柴は西船橋の自宅マンションには何日も前から戻ってないという。おそらく知人宅か、情婦《おんな》の家に隠れてるんだろう」

郷が言って、コップの水で喉を潤《うるお》した。コップを卓上に戻したとき、ウェイターがグレープジュースを運んできた。

会話が中断した。ウェイターが遠のくと、百面鬼は上体を前に傾けた。

「柴が足《ゲソ》つけてたのは？」

「局友会《きょくゆう》老沼《おいぬま》組だよ。縄張り《シマ》は千葉市一帯なんだが、組員は二十人もいない下部団体《エダ》らしい。柴は天津甘栗《テンシンあまぐり》や装身具を売ってたようだが、組長の娘に手をつけて破門されたんだってさ。相手はまだ中三だったそうだ」

「破門されたのは？」

「一年ぐらい前だ。前科は傷害と恐喝がひとつずつだな。破門されてからは街金《まちきん》の取り立て《キリトリ》をやったり、白タクで稼いでたらしいよ」

「柴に情婦《おんな》は？」

「風俗嬢をやってる娘《こ》が最近の彼女みたいだな。二十一歳だったか」

郷がそう言い、上着の内ポケットからメモを抓《つま》み出した。

その紙片には柴道夫と愛人の現住所が記してあった。風俗嬢は水島加奈《みずしまかな》という名で、市川市内に住んでいた。

「とりあえず、この加奈って娘の家《ヤサ》に行ってみらあ。二人の顔写真《ガンクビ》までは入手できなかったんだろう？」

「ああ、残念ながらね。顔写真をコピーしてるところを誰かに見られたら、怪しまれるからな。おれの知り合い、割に上昇志向が強いんだよ」

「出世の妨《さまた》げになるようなことまではできないってわけか。そいつ、警察官僚《キャリア》じゃねえんだろ？」

百面鬼は訊いた。

「ああ、ノンキャリアだよ。どう頑張ったって、キャリアを凌《しの》ぐことはできないんだがな。しかし、人それぞれ生き方が違うから、本人にあれこれ言う気はないけどさ」

「郷、ほかに何か手がかりは？」

「小松の靴底に海藻と貝殻《かいがら》の欠片《かけら》がくっついてたそうだ」

「そう。小松は三人組に拉致《らち》された後、海のそばに監禁されてたのかもしれねえな。あるいは、浜辺に連れ出されて海に沈められそうになったのかもしれない。けど、近くに釣り人かサーファーがいたんで、三人組はそこで小松を殺すのを諦《あきら》めたんじゃないのか」

「おれは後者だと思うよ」

「柴の共犯者《レツ》たちも、元組員なんだろうな」

「ああ、考えられるね。拉致に使われた黒いキャデラック・セビルは、まだ発見されてないらしいよ」

「実行犯たちが、いまも同じ車を乗り回してるとは考えにくい。おそらく山の中に乗り捨てにしたか、岸壁から海中に落としたんだろう」

「多分な」

郷が言って、ストローでグレープジュースを吸い上げた。

「小松の遺体《マンジュウ》は、もう中野の自宅に搬送されたんだろ？」

「そのはずだよ。柴道夫を取っ捕まえることができれば、小松の殺害を命じた奴がわかるんじゃないのか」

「だろうな」

「百面鬼、少しは役に立った？」

「大いに助かったよ。エリート公安刑事に下働きさせちまって、悪かったな」

「茶化すなって。おれはエリートなんかじゃない」

「公安と警備はエリートコースじゃねえか。おれなんか防犯が振り出しだったからな。いまは生活安全課というセクション名になってるが、取り締まる相手は盛り場の薄汚《うすぎたね》え小悪党ばかりだった」

「そういう連中に袖の下を使わせて、ベッドパートナーも提供させてたお方はもっとダーティーな悪党《ワル》じゃないか」

「郷、おまえはおれのことを誤解してるな。ヤー公に飯を奢《おご》られたことはあるが、そんなあくどいことはしてない」

「そろそろ同期に胸を開いてくれてもいいんじゃないのか。こないだも言ったが、おれもサイドワークに励みたいんだよ。パテックフィリップの超高級腕時計もはめてみたいし、Eクラス程度のベンツぐらいは乗り回したいんだ」

「物欲を膨らませると、人生、しくじることになるぜ」

「しくじったって、かまわないよ。たった一度の人生なんだから、少しはいい思いをしたいじゃないか。百面鬼が裏でやってることは、おおよそ見当がつく。情報を集めて小遣い貰《もら》えるのはありがたいが、どうせなら、百面鬼の仲間にしてもらいたいんだ。どうだい?」

「郷、無防備だな」

「無防備?」

「そう。おまえは公安刑事だろうが。おれの上着の左ポケットにゃ、小型録音機が入ってる。それだけじゃないぜ。実はおれ、本庁人事一課監察のスパイなんだよ」

「えっ」

「冗談だって」

「びっくりさせるなよ。心臓が止まるかと思った」

「当分、情報集めを頼まあ。これは今回の謝礼だ」

百面鬼はテーブルの下で二十枚の万札を郷に渡した。

「この厚みだと、三十万はないな。経費がいろいろかかってるんだから、もう少し色をつけてほしかったね」

「郷、これから公安三課の課長をおれに紹介してくれ。おまえが職場を抜け出して、おれと会ってた目的を教えてやろうと思ってな」

「やくざな男だ」

郷が肩を竦《すく》めた。

「この次は、少し色をつけてやるよ」

「よろしく頼むな。これから、市川の水島加奈のマンションに行くのか？」

「ああ。おれのコーヒーは、おまえの奢《おご》りだぜ」

百面鬼は卓上の伝票を郷の前に押しやり、すっくと立ち上がった。郷が苦く笑った。それから、首を小さく振った。セコいと思われたようだ。

百面鬼はレストランのティールームを出た。雨雲が低く垂れている。いまにも大粒の雨が落ちてきそうだ。百面鬼は急ぎ足になった。覆面パトカーは公園の外周路に駐《と》めてある。ほどなく百面鬼はクラウンに乗り込み、すぐ発進させた。

大手町回りで、京葉道路に入る。荒川と江戸川を越えると、もう千葉県の市川市だ。

水島加奈の住むマンションは、市川駅から四、五百メートル離れた場所にあった。六階建ての賃貸マンションだった。

クラウンをマンションの横に停めたとき、雨が降りはじめた。雨勢は強かった。黒い路面で白い雨脚が躍《おど》っている。

百面鬼は覆面パトカーを降りると、マンションのアプローチを一気に走った。それでも、着衣はだいぶ濡れてしまった。サングラスのレンズにも、雨滴がへばりついている。

百面鬼はサングラスをいったん外して、ハンカチで水気を拭《ぬぐ》い取った。ふたたびサングラスをかけ、集合郵便受けに目をやる。

水島加奈の部屋は最上階の六〇一号室だった。表玄関はオートロックシステムにはなっていなかった。エントランスロビーに刑事らしき人影は見当たらない。

誰も張り込んでいないということは、柴道夫は加奈の部屋には近づいていないのだろう。百面鬼はエントランスロビーに入った。加奈が在宅していれば、柴の潜伏先を探り出せるかもしれない。

エレベーターで最上階まで上がり、六〇一号室のインターフォンを鳴らす。待つほどもなくスピーカーから、若い女の声が響いてきた。

「はーい、どなた?」

「ヤマネコ宅配便です。こちら、水島加奈さんのお宅ですよね?」

百面鬼は、もっともらしく確かめた。

「うん、そう。あたしが加奈よ」

「認め印をいただけます? サインで結構です」

「ちょっと待ってて」

スピーカーが沈黙した。百面鬼はオレンジ色のドアに背を向け、荷物を両腕で抱えている振りをした。

加奈がドア・スコープで来訪者を確かめても、百面鬼の顔は見えないだろう。ただ、百面鬼は宅配業者の制服を着ていない。そのことで、相手に不審がられるかもしれなかった。加奈がドアを開けなかったら、ピッキング道具か警察手帳を使うまでだ。

百面鬼は冷静だった。

室内でスリッパの足音が聞こえ、シリンダー錠が解かれた。ドアが開けられる。百面鬼はノブに手を掛けて、ドアを大きく開けた。

「荷物は？　あっ、あなた、宅配便の配達員じゃないわね」

加奈が玄関マットの上まで後退した。だぶだぶの白いプリントTシャツに、下は黒のハーフパンツという組み合わせだ。乳房は大きい。

百面鬼は部屋の中に身を滑らせ、すぐにドアを閉めた。

「どこの組の男性《ひと》なの？」

「おれは刑事だ」

「嘘ばっかり！　どっから見ても、やくざじゃないの」

「これでも刑事なんだ」

「本物なら、警察手帳を見せてちょうだい」

加奈が言った。震え声だった。メイクは濃いが、まだ幼さを留《とど》めている。

百面鬼はＦＢＩ型の警察手帳をちらりと見せた。

「あり得ねえ」

加奈が男言葉を使った。

「柴道夫の潜伏先を教えてくれ」

「あたしは知らない。ほかの刑事が何度もここに来て、同じことを訊いたけど、ほんとに知らないのよ」

「柴が犯行《ヤマ》を踏んだことは？」

「それは知ってるわ。道《みっ》ちゃんが電話してきて、新宿の小松組の組長を金属バットで殺《や》っちゃったって言ってたんで」

「それは、いつのことだ？」

「きのうの朝よ。危《ヤバ》いから、しばらく姿をくらますって言って、すぐに電話を切っちゃったの」

「逃亡先、見当つくんじゃないのか？」

百面鬼は畳みかけた。

「わかんないわ。あたしには見当もつかない。ただ、勝浦《かつうら》の実家や老沼組の関係者のとこには行ってない気がするな。そんな所に隠れてたら、じきに警察に逮捕《パク》られちゃうもんね。道ちゃんがここに来なかったのも、同じ理由だと思うわ」

「柴は誰に頼まれて、小松組の組長を殺《や》ったと言ってた？」

「そういうことは何も言わなかったけど、道ちゃんはお金が欲しくて事件を起こしたんじゃないかな。彼ね、ちょっと高級なデリヘルクラブをやりたがってたの。チャーミングでセクシーな女の子を集めるには、それなりの前渡し金《ヴァンス》が必要なんだって。だから、千数百万はどうしても工面《くめん》したいと言ってたのよ」

「殺しの成功報酬は、もう依頼人から貰った様子だったか？」

「額はわからないけど、もう謝礼は貰ってると思う。だって彼、あたしにお金をせびろうとしなかったから。ほとぼりが冷めるまで潜伏してても、支払いに困ることはなさそうな感じだったわね」

「そうか。柴の携帯のナンバーを教えてくれ」

「道ちゃん、プリペイド式の携帯に換えちゃったみたいなの。あたし、さっきその携帯に電話してみたんだけど、機械の音声で『この電話は現在、使われていません』って流れてきたのよ」

「一応、ナンバーを教えてくれ」

「いいわよ」

加奈が電話番号をゆっくりと告げた。百面鬼は懐から私物の携帯電話を取り出し、数字をタップした。

やはり、柴が使っていたプリペイド式の携帯電話は使われていなかった。

「あたしの言った通りだったでしょ？」

「ああ。そっちは柴の交友関係、よく知ってるんだろ？」

「よくってほどじゃないけど、老沼組の人たちのことは知ってる。それから、街金の人たちも何人か道ちゃんに紹介されたことがあるわ」

「そう。事件を起こす前、柴に何か変わったことは？」

「道ちゃん、よく東京に出かけてたわね。多分、殺しの依頼人に会ったり、死んだ小松とかいう組長の行動パターンを調べてたんだろうね」

「そうなのかもしれないな。協力に感謝する。ありがとよ」

「道ちゃん、捕まったら、死刑になっちゃうの？」

「殺した相手はやくざだから、せいぜい四、五年の懲役刑だろう」

「そのぐらいだったら、あたし、道ちゃんを待っててやろうかな」

「幸せになりたいんだったら、柴とは別れたほうがいいな。屑《くず》は死ぬまで屑だから」

「確かに道ちゃんは自分勝手なところがあって、ちょっと短気ね。だけど、案外、優しい面もあんの。いつだったか、あたしが風邪で熱を出したとき、わざわざお粥《かゆ》をこしらえてくれて木製のスプーンで食べさせてくれたのよ。そのせいか、次の日には熱が下がったの」

「おそらく柴は稼ぎのいいそっちを手放したくなかったんで、気に入られるようなことをしたんだろう」

「そうなのかな」

加奈が小首を傾《かし》げた。

「甘いな。そんなふうに悪い野郎にコロッと騙《だま》されてちゃ、一生、泣きを見ることになるぜ」

「確かにあたしは、男運がよくないのよね。つき合ってきた男たちになんとなく貢《みつ》ぐようになっちゃったし、消費者金融の保証人になってあげたりしたんで、結局は風俗のお店で働かざるを得なくなったわけだから」

「月並みな言い方しかできないが、もっと自分を大事にしなって。それじゃ、元気でな！」

百面鬼は六〇一号室を出ると、エレベーターで一階に降りた。

雨は一段と激しくなっていた。百面鬼はクラウンに飛び乗り、西船橋に向かった。

柴の自宅マンションを探し当てたのは、およそ三十分後だ。

エレベーターのない三階建てのワンルームマンションだった。部屋は二〇四号室だ。百面鬼は地元の刑事たちが張り込んでいないことを目で確かめてから、柴の部屋に近づいた。ピッキング道具を使って、室内に忍び込む。

部屋の空気は蒸《む》れ、まるでサウナのようだ。おまけに食べ物の腐敗臭《ふはいしゅう》もする。

百面鬼は息を詰めながら、ベランダに寄った。サッシ戸を大きく開け放ち、室内に外気を入れる。雨水を吸った土の匂いがなだれ込んできた。

百面鬼は上着を脱ぐと、部屋の隅まで入念に検《しら》べはじめた。

残念ながら、住所録の類《たぐい》はなかった。柴の背後にいる人物を割り出せるような物は、とうとう何も見つからなかった。

骨折り損のくたびれ儲けだ。百面鬼は東京に戻って、小松の仮通夜に顔を出すことにした。運がよければ、事件を解く鍵が見つかるだろう。

百面鬼はサッシ戸を閉め、上着を羽織《はお》った。

2

遺体は北枕に安置されていた。

中野区内にある小松宅の和室だ。十畳間だった。仮通夜が営まれていた。亡骸《なきがら》の枕《まくら》許《もと》には、後妻の有希が坐っている。泣き腫《は》らした上瞼《うわまぶた》が痛々しい。

百面鬼は正坐し、死者に両手を合わせた。有希が目礼した。

「奥さん、とんだことになったね」

「ええ」

「故人の顔、ちょっと見せてもらえないか」

百面鬼は言った。有希が黙ってうなずき、死者の顔面を覆った白布をそっと捲《まく》った。

小松の顔は土気色《つちけ》だった。額から上は繃帯《ほうたい》が巻かれている。口は少しだけ開いていた。

「宗派は異なるが、ちょっと弔《とむら》わせてもらうよ」

百面鬼は若い未亡人に断り、奥に並んでいる身内や組員たちに軽く頭を下げた。それから彼は経《きょう》を唱《とな》えはじめた。

おい、なんで死んじまったんだよ。おかげで、千五百万貰えなくなったじゃねえか。

百面鬼は声明《しょうみょう》を高めながら、胸の中で故人に恨みごとを言った。

小松に進藤殺しを頼まれたことを有希に打ち明け、残りの千五百万円を払ってもらいたいところだ。しかし、殺人依頼の契約書を交わしていたわけではない。

それに、迂闊《うかつ》に事実を話すのは危険でもあった。それ以前に現職刑事が人殺しを請け負ったという話など信じてもらえないだろう。有希に残金の支払いを強く求めたら、彼女は警察に駆け込みかねない。

そうなったら、面倒なことになる。それにしても、千五百万円を諦めるのは惜《お》しい気がするが、諦めるほかないか。

百面鬼は読経の声を一段と高めた。

すると、有希が死んだ夫に取り縋《すが》って泣きはじめた。嗚咽《おえつ》は、間もなく号泣《ごうきゅう》に変わった。百面鬼は読経を切り上げ、有希の肩を無言で軽く叩きつづけた。泣き声が少しずつ小さくなりはじめた。居合わせた人々も涙ぐんでいる。

「千葉県警が必ず犯人を逮捕してくれるよ。奥さん、辛《つら》いだろうが、しっかりしなくちゃな」

「は、はい」

有希が上体を起こし、目頭《めがしら》にハンカチを当てた。

「当分の間、代貸の中谷が組長代行を務めることになるのかな？」

「急に夫がこんなことになったので、まだそこまで……」

「いっそ組を解散しちまうって選択肢もあるよ」

「わたし自身はそれを望んでいるのですけど、構成員たちが夫の兄弟分の組に入れてもらえるかどうかわかりませんでしょ？」

「そうだな。どこも遣《や》り繰《く》りが楽じゃないはずだから、小松組の若い衆の引き取り手はそう多くないだろう」

「となると、なんらかの形で組を存続させないといけないでしょうね。わたし、中谷さんに相談してみます」

「その中谷の姿が見えないようだが？」

「別室で葬儀社の方と本通夜や告別式のことで打ち合わせをしています」

「そうなのか。告別式には顔を出せないかもしれねえけど、気を張って葬儀を終わらせないとな」

「はい」

「それじゃ、おれはこれで失礼する」

百面鬼は立ち上がり、和室を出た。

玄関ホールに向かうと、別室から代貸の中谷が出てきた。黒ずくめだった。

「旦那、わざわざありがとうございました」

「ちょっと時間貰えねえか。そっちに訊きたいことがあるんだ」

百面鬼は言った。

「そうですか」

「廊下で立ち話もなんだな」

「では、こちらにどうぞ」

中谷が案内に立った。百面鬼は玄関ホールに接した応接間に導かれた。

二人はコーヒーテーブルを挟んで向かい合った。象牙色《ぞうげ》の応接ソファは総革張りで、どっしりとしている。坐り心地は悪くない。

「百面鬼さん、わたしに何を？」

中谷が促《うなが》した。

「捜査本部の連中は、どこまで捜査が進んでると言ってた？」

「組長《オヤジ》を拉致した三人組の犯行《ヤマ》と思われると言っただけで、具体的なことは姐さんにもわたしにも話してくれませんでした」

「千葉県警はずいぶん慎重だな」

「とおっしゃると、もう犯人は割り出されたんですか？」

「凶器の金属バットが死体発見現場の近くの小川から見つかったことは聞いてるよな」

「ええ」

「金属バットに付着してた指紋と掌紋から、実行犯が割り出されたらしいぜ」

「その話は、千葉の警察の方からお聞きになったんですか？」

「うん、まあ」

「組長《オヤジ》を殺《や》ったのは誰なんです？」

「実行犯は二人なんだ。片方は不明だが、もうひとりは柴道夫って奴で、かつて局友会老沼組の構成員だった野郎だよ」

「そうですか。うちは局友会とは友好関係にありますので、何もトラブルはなかったはずなんですがね」

「柴は不始末をして、老沼組を破門されてる。その後は街金の取り立て《キリトリ》をやったり、白タクで稼いでたらしい。どっちもたいした実入りにならなかったみてえで、つき合ってる風俗嬢に小遣い回してもらってたようだな」

「で、そいつは少しまとまった銭が欲しくなって組長殺しを引き受けたわけですね？」

「そうなんだろうな」

「千葉県警は、その柴道夫って奴の身柄《ガラ》をもう押さえたんですか？」

「いや、まだだよ。犯行後、柴はどっかに潜《もぐ》っちまったんだ。千葉県警は柴が立ち寄りそうな所には当然、網を張ったんだが、いまも潜伏先はわかってねえみたいだな」

「そうですか」

「そこで相談なんだが、柴が逮捕《パク》られる前におれが生け捕りにしてやったら、いくら出す？　小松の救出で三千万が懐に入ると胸算用して、いろいろ買物しちまったんだ」

百面鬼は、とっさに思いついた嘘を口にした。

中谷は考える顔つきになったが、何も言わなかった。小松の救出に失敗したことで、すっかり信用を失ってしまったのか。もうひと押しする必要がありそうだ。

「組長が破門されたヤー公に殺《や》られたんだぜ。それなりの決着《オトシマエ》をつけるのが当然だろうが。仁義でもある。警察の手に柴が落ちたら、けじめ取れなくなるぞ。おれがそっちだったら、柴を取っ捕まえて、両手足の指を一本ずつ切断するよ。それで、殺しの依頼人の名を吐かせる。その後、そいつにガソリンぶっかけて火を点けらあ」

「過激なことをおっしゃる」

「中谷、男を下げてえのか。柴が手錠《ワッパ》打たれる前に何もしなかったら、裏社会の人間たちにそっちは笑い者にされるだろうよ。それでもいいのかっ」

「旦那、まさかこのわたしを罠《わな》に嵌《は》めようとしてるんじゃないでしょうね」

「それ、どういう意味なんでえ？」

「わたしに柴と殺しの依頼人の二人を殺《や》らせて、刑務所《ムシヨ》送りにする気なんではないかという意味ですよ。組長《オヤジ》が死んで代貸のわたしが無期懲役《ナガムシしょ》背負うことになったら、小松組は解散せざるを得なくなります」

「そう思うのは被害妄想《もうそう》ってやつだろう。おれが小松組を解散に追い込んでも、何もメリットなんかない。むしろ、デメリットになる。車代《い》もせびれなくなっちまうだろうが。おれが職務で点数稼ぎしたことが一度だってあるか？」

「それはないと思います」

「だったら、妙な疑いは棄《す》てな」

「わかりました。旦那を信じることにしましょう」

中谷が柔和な顔つきになった。猜疑心《さいぎしん》は消えたようだ。

「柴を取っ捕まえたら、三千万出してくれるな？」

「旦那、それはちょっと吹っかけすぎでしょう？　相手は破門された元組員なんですよ」

「けど、柴は小松を金属バットで撲殺した実行犯のひとりなんだ。とことん痛めつけりや、小松を始末してくれって頼んだ人物もわかるだろう。三千万出すだけの価値はあるんじゃねえか」

「柴って奴の口を割らせて、旦那が殺しの依頼人を葬ってくれるんでしたら、三千万のお礼を用意しますよ」

「刑事のおれに殺しをやれってのか⁉」

百面鬼は、ことさら驚いてみせた。

中谷は、小松に頼まれて港仁会の進藤を射殺したことを知っているのか。それだから、柴の背後にいる人物を始末してくれと言ったのだろうか。

小松は割に用心深い性格だった。代貸の中谷にも、百面鬼に進藤殺しを依頼したことは洩《も》らさなかったと思われる。もちろん、二度目の妻の有希にも喋っていないだろう。

「どうです？」

「なんでおれに殺しをさせる気になったんだ？」

「百面鬼さんは人殺しに馴《な》れてるような気がしたんですよ。五人、いや、もう十人は殺《や》ってるんじゃありませんか。どうなんです？」

「おれは寺の倅《せがれ》だぜ。殺生《せっしょう》なんかそんなにするかよ」

「あまり殺ったことはない？」

「当たり前だろうが！　けど、三千万は魅力のある額だな。この際、殺しも請け負っちまうか。着手金、どのくらい出せる？」

「組長《オヤジ》の告別式が終わったら、一千万の着手金を用意しましょう」

「そういうことなら、柴を動かした人物もシュートしてやろう」

「拳銃《ドウグ》はどうします？　必要でしたら、こちらで用意してもかまいませんが……」

中谷が言った。

「それは、おれが自分で調達するよ。まさか官給のシグ・ザウエルP230Jを使うわけにはいかないからな」

「そうですね。それでは、明後日の夕方六時に組事務所に来てもらえますか？　そのとき、着手金をお渡しします」

「わかった。ところで、今後、小松組の舵取《かじと》りはそっちがやるのか？」

「姐《あね》さんのお許しがあれば、わたしが小松組を預からせてもらいたいと考えています。もっとも義友会の理事会の承認を得られるかどうかわかりませんけどね。わたしよりも年上の組員が何人かいますので、理事の方々は難色を示すかもしれません」

「しかし、未亡人がそっちを強く推《お》せば、理事たちも反対はしないだろう」

「さあ、どうなりますかね。わたしが新組長になれたら、全力を尽くします。もちろん、組の名を中谷組に変えたりしません。小松の組長《オヤジ》には実の弟のように目をかけてもらいましたので、恩返しのつもりで身を粉《こ》にして働くつもりです」

「泣かせる話じゃねえか。せいぜい頑張ってくれや。それじゃ、明後日の夕方、また会おう」

百面鬼は深々としたレザーソファから立ち上がり、大股で応接間を出た。玄関先には葬儀社の若い男性社員が立っていた。

「ご苦労さん！」

百面鬼は相手を犒《ねぎら》って、ポーチに出た。

そのとき、門の近くで人影が動いた。百面鬼は目を凝《こ》らした。やくざっぽい風体《ふうてい》の男が邸内の様子をうかがっている。小松を始末させた人物に命じられて、組員の動きを探りに来たのか。

百面鬼はポーチの石段を勢いよく駆け降りた。

すると、怪しい男が急に走りだした。百面鬼はすぐ道路に飛び出し、不審者を追った。

男は脇道に走り入ると、また道を曲がった。路地から路地をたどり、次第に遠ざかりはじめた。逃げ足がおそろしく速い。

百面鬼は懸命に追いかけたが、とうとう相手を見失ってしまった。日頃の不摂生《ふせっせい》がたたったのか、息が上がって胸苦しい。

百面鬼は肩で呼吸を整えながら、来た道をゆっくりと引き返しはじめた。

覆面パトカーは小松の自宅の十数メートル先の路上に駐《と》めてある。小松邸の前を通り抜けるとき、百面鬼は何気なく庭先に目をやった。

と、庭木の横に男と女がいた。

中谷と有希だった。百面鬼は足を止め、門柱の陰に隠れた。有希は中谷の片腕を摑《つか》んでいた。中谷は有希の肩を抱いている。

未亡人は泣いてはいなかった。それどころか、かすかに笑っていた。

二人は小松が存命中から、親密な関係だったのかもしれない。そうだったとしたら、中谷と有希が共謀して、柴道夫に小松を始末させた疑いもある。

二人は軽く唇を重ねた。やはり、男女の間柄だったようだ。有希が中谷に何か言って、先に家の中に戻った。中谷は三十秒ほど経ってから、ポーチに向かった。

中谷のことを調べてみることにした。

百面鬼は急ぎ足で覆面パトカーまで歩き、端末を使って中谷文博の犯歴照会をした。

警察庁の大型コンピューターには前科者のデータが登録されている。各警察署やパトカーから簡単に照会できるシステムになっていた。いわゆるA号照会だ。

照会の結果、中谷が三年数カ月前に府中刑務所を仮出所していることがわかった。罪名は恐喝と私文書偽造だった。刑期は一年七カ月だ。

中谷が以前から有希と不倫関係にあったとしたら、組長の小松を邪魔だと思っていたにちがいない。で、小松を何かで陥れようと考えたとしても不思議ではないだろう。港仁会の進藤が例の偽入管Gメン強奪事件の犯行を小松組におっ被せようとしたことに中谷が関わっている疑惑もゼロではない気がする。

百面鬼はそう推測して、進藤泰晴の犯歴も調べてみた。

なんと中谷と同じ時期に進藤は府中刑務所で服役していた。しかも、どちらも木工班で働いていたことが判明した。二人が同じ雑居房《ざつきよぼう》で寝起きしていたとも考えられる。

百面鬼は神奈川県警組対第四課に電話をかけた。受話器を取ったのは当の井上刑事だった。

「あんたからの連絡を待ってたんだ。例の金の件だが、進藤の家の納戸《なんど》に五千万円だけ隠してあったよ」

「たったの五千万しかなかっただと？」

「そうなんだ」

「てめえ、ネコババしたんじゃねえのかっ」

「そんなことはしていない。押収した五千万をそっくり渡すから、鎌倉で隠し撮りした写真のデータを渡してくれないか」

「いいだろう。どこで落ち合う？」

「今夜は宿直だから、長いこと外に出るわけにいかないんだよ。こっちに着いたら、また電話してほしいんだ。どうだろう？」

「そうすらあ」

百面鬼はいったん言葉を切って、すぐに言い重ねた。

「話は違うが、進藤組に中谷文博って東京のやくざが出入りしてなかったか」

「そいつは義友会小松組の代貸をやってる男だね？」

「そうだ」

「その中谷だったら、死んだ進藤の自宅を何度か訪ねたはずだよ。服役中に仲良くなったとかで、進藤はその男を自分の組に入れたがってたんだ。しかし、中谷に断られてしまったようだがね」

井上が言った。

「そうか、やっぱり」

「小松組の組長が撲殺されたようだが、その事件《ヤマ》に中谷が関与してるのか？」

「ひょっとしたらな」

「中谷が誰か実行犯を雇って、親分の小松を殺《や》らせたのか？」

「その質問にゃ答えられねえな。五千万を用意しておけ。後で、また電話するよ」

百面鬼は電話を切って、エンジンを唸《うな》らせた。

3

函《ケージ》の扉が左右に割れた。

八階だった。渋谷区桜丘町《さくらがおかちょう》にある『渋谷レジデンス』だ。百面鬼はエレベーターホールに降りた。

神奈川県警本部前の路上で井上刑事から五千万円を受け取った翌々日の午後二時半過ぎである。百面鬼はビニールの手提《さ》げ袋を持っていた。

中身は、一昨日せしめた五千万円だった。覆面パトカーのトランクルームに大金を入れっ放しにしておくのは、なんとなく不安だ。最近の車上《しゃじょう》荒らしたちは、平気で警察車も狙う。

だからといって、久乃のマンションか練馬の実家に五千万円を持ち帰るわけにはいかない。そこで、相棒の見城に金を預ける気になったのである。

百面鬼は八〇五号室に向かった。そこが見城の自宅兼オフィスだった。『東京リサーチ・サービス』という大層《たいそう》なプレートが掲げられているが、見城のほかに調査員はひとりもいなかった。

百面鬼は八〇五号室のインターフォンを鳴らした。

ややあって、見城の声で応答があった。百面鬼は名乗った。

待つほどもなくドアが開けられた。見城は黒のプリントTシャツにオフホワイトのハーフパンツという軽装だった。

「こんな時間に珍しいね。手提げ袋なんか持って、どうしたの？　百《どう》さん、フラワーデザイナーと喧嘩《けんか》して、マンションを追い出された？」

「久乃とおれは、うまくいってるよ。ちょっと臨時収入があったんで、そっちに金を預かってもらいてえんだ」

百面鬼は勝手に靴を脱ぎ、奥に進んだ。間取りは１ＬＤＫだ。

二人は居間兼事務フロアのソファに腰かけた。冷房で室内は涼しかった。

「手提げ袋には、いくら入ってるの？」

見城が訊いた。

「五千万だよ。久乃んとこや練馬の実家に持ち帰るわけにはいかねえから、ここに持ってきたんだ」

「百《どう》さん、どこの誰から五千万を脅し取ったんだい？」

「神奈川県警の井上って暴力団係《マルボウ》の刑事からだよ」

百面鬼は経過を話した。

「一連の偽入管Gメン強奪事件の絵図を画《か》いたのは、港仁会進藤組だったのか。そういえば、進藤は愛人《レコ》のマンションの寝室で射殺されたな」

「そうみてえだな」

「進藤を撃《ハジ》いたのは、百さんなんだろう？」

「想像に任せるよ」

「やっぱり、そうだったか。もしかしたら、そうなんじゃないかと思ってたんだ。百さんも、ついに道を大きく踏み外したね」

「見城ちゃん、ご意見は無用だ。人にゃ、それぞれ事情ってやつがあるじゃねえか」

「久乃さんがもっとフラワーデザイン教室を増やしたいって言ったのかな」

「彼女は、ちゃんと自立してる。男にそんなことをせがんだりしないよ。おれのほうが久乃に何かしてやりたかったんで、共友会の小松に頼まれて進藤を始末してやったんだ。

小松は例の強奪事件の濡衣《ぬれぎぬ》を進藤におっ被《かぶ》されて、頭にきてたんだよ」

「そうだったのか。で、殺しの報酬はいくらだったの？」

「三千万だよ。けど、半分の千五百万貰っただけで、依頼主の小松は三人組に拉致されて撲殺されてしまった。おれは進藤組の幹部の誰かが親分の仇討ちをしたんじゃないかと推測したんだが、どうもそうじゃなかったみてえなんだよ」

「百《どう》さんは殺しの報酬を半分取りはぐれたんで、進藤組が大久保や百人町に住んでる不法滞在の外国人から奪った金の一部を吐き出させたのか」

「そう。進藤組長と黒い交際をしてた井上刑事の弱みを押さえてな」

「やるなあ、百さんも」

見城がにやりと笑い、ロングピースに火を点けた。百面鬼も釣られて葉煙草《シガリロ》をくわえた。

「五千万は、おれが責任を持って預かるよ」

「悪いな、見城ちゃん。すぐに遣《つか》う予定はない金だから、そっちが適当に手をつけてもかまわねえ」

「以前ほど余裕はないが、差し当たって借りなくても済みそうだよ。それより、小松のことなんだが、進藤組の仕業《しわざ》じゃないとしたら、いったい誰が犯行《ヤマ》を踏んだんだろうか」

　見城が言った。

「まだ確証は摑んでないが、おれは小松の女房《バシタ》の有希と代貸の中谷って野郎がつるんでるんじゃないかと疑いはじめてる」

「その二人は小松に内緒で不倫でもしてたのかな」

「そう、そうなんだよ。一昨日の晩、中谷と有希は庭の暗がりで密談して、キスもした。仮通夜のときにだぜ。有希はおれの前では亡骸に取り縋って号泣してたが、あれは芝居だったんだろう。少なくとも、夫の死を悼《いた》んじゃいねえな」

「代貸の中谷は有希を寝盗《ねと》った上に組長の座に就《つ》きたくなったんで、親分の小松を破門やくざに撲殺させたんではないか。そう筋を読んだんだ、百《どう》さんは？」

「当たりだ。ひょっとしたら、中谷は有希に唆《そそのか》されたのかもしれない。たいていの男は、惚れてる女の言いなりになっちまうからな」

「そういう傾向は確かにあるね」

「中谷と有希をしばらくマークしてみるよ。そうすりゃ、何かが透《す》けてくるだろうからな」

「多分ね」

「おれの話はともかく、見城ちゃん、ちゃんと調査の仕事をしてるのか？」

百面鬼は長くなった灰を武骨《ぶこつ》な指ではたき落としながら、裏仕事の相棒に問いかけた。

「百さん《どう》も知ってると思うが、この半年の間に都内の総合病院の霊安室から病死した若い女性の死体が八体も盗み出された」

「その事件《ヤマ》のことなら、知ってるよ。見城ちゃんは病院の依頼で、死体泥棒捜しをやりはじめてるのか？」

「そうなんだ。臓器密売グループが葬儀社や病院関係者を抱き込んで、八つの死体を盗み出したと睨《にら》んだんだが、まだ証拠らしい証拠は摑んでないんだよ」

見城が言って、短くなった煙草の火を揉み消した。

「脳死状態で摘出した内臓の大半は移植できるが、心肺停止した死体から移植可能な内臓は少ないんだろ？　よく知らねえけどさ」

「いや、そうでもないらしいよ。冷凍保存された死体から摘出された内臓はたいてい移植できるらしいんだ。それに角膜、血管、関節、骨といった人体のパーツも売れるって話だったな」

「なら、闇の移植手術をビジネスにしてる元ドクターあたりが若くして死んだ女の遺体を盗ませてるんじゃねえのか。危《ヤバ》いことをやって医師免許を剝奪《はくだつ》される奴は毎年、何人もいるらしいからな。医者でリッチな暮らしをしてた奴が資格を失ったからって、急に生活のレベルを下げるのは難しいだろう。だから、元ドクターが闇の移植手術をしてたとしても別に不思議じゃない」

「そうだね」

「死体泥棒を突きとめたら、見城ちゃんは首謀者《しゅぼうしゃ》から口止め料を強請《ゆす》る気なんだ？」

「そいつが救いようのない悪人なら、丸裸にしてやる」

「その野郎がリッチマンだったら、おれにも一枚嚙ませろや」

「相変わらず欲が深いね。自分の獲物の骨まで喰らえばいいじゃないか」

「他人の酒や女もそうだけど、他人の獲物はうめえんだよ。見城ちゃんのほうの事件《ヤマ》の取り分は、六四でいいからさ」

「七三なら、考えてもいいよ」

「見城ちゃんも渋くなりやがったな。七海ちゃんに入れ揚げる気になったんじゃねえのか？」

百面鬼は相棒をからかって、葉煙草《シガリロ》の火を消した。

ちょうどそのとき、部屋のインターフォンが鳴った。見城が札束の詰まった手提げ袋をリビングボードの陰に隠してから、壁に掛かった受話器を取った。

遣《や》り取《と》りは短かった。来訪者は毎朝日報の唐津だという。見城が玄関ホールに向かった。

百面鬼は左手首のオーデマ・ピゲに目を落とした。

三時七分過ぎだった。小松組の事務所に向かうまで少し時間がある。百面鬼は久しぶりに唐津と雑談を交わしたくなった。

「新宿署のやくざ刑事も来てたのか」

唐津が憎まれ口をたたきながら、居間兼事務フロアに入ってきた。

見城は唐津にソファを勧めると、ダイニングキッチンに移った。何か冷たい飲みものでも出してくれるのだろう。百面鬼は新聞記者を冷やかした。

「唐津の旦那、たまには髪の毛を梳《と》かしたほうがいいんじゃねえの？　まるで雀《すずめ》の巣だぜ」

「いいんだよ。このぼさぼさ頭は、おれのトレードマークなんだから」

唐津がそう言って、少し前まで見城が坐っていたソファに腰かけた。

「取材の帰りか何か？」

「うん、まあ」

「どんな事件《ヤマ》を追ってるの？」

「半年ほど前から四谷の大病院で若い女性の死体が八体も盗まれた」

「そうだったな」

百面鬼は応じて、さりげなくダイニングキッチンに視線を走らせた。目が合うと、見城は無言で首を横に振った。唐津に余計なことは喋るなというサインだろう。

百面鬼は目顔《めがお》でうなずき、前に向き直った。

「おたくたち二人は例によって、何か悪巧《わるだく》みをしてたようだな」

「人聞きの悪いことを言わないでくれよ。見城ちゃんとおれは経済談義に耽《ふけ》ってたんだ。どん底に近いとこまで落ち込んだ日本経済をどうすれば再生できるのかって、真剣に話し合ってたんだよ」

「どうせなら、もう少し気の利いたジョークを言ってくれ」

唐津がよれよれの綿ジャケットの内ポケットから、ハイライトの袋と使い捨てライターを摑み出した。火を点けたとき、見城が摺《す》り足でやってきた。

三つのゴブレットにはコーラが入っていた。見城は飲みものをコーヒーテーブルに置くと、百面鬼のかたわらに坐った。

「何か変だなと感じたのは、松丸君がいないせいなんだな」

唐津が独《ひと》りごちた。すぐに百面鬼は口を開いた。

「松《まつ》がいねえと、やっぱり何か物足りない。あいつが死んで、もう三カ月が過ぎた。早《はえ》えもんだな」

「そうだね。松丸君はおたくたちの飲み友達だったし、助手みたいな存在だったからな」

「おれが松を若死にさせちまったんだ。そのことでは、奴の両親には済まねえと思ってる」

「湿っぽくなりそうだから、話題を変えようか」

唐津が早口で言い、若年層の就職難が深刻化していることを話題にしはじめた。見城が自分の代わりに、唐津の話し相手になってくれた。

百面鬼は救われた気がした。いつまでも松丸の話がつづいたら、居たたまれない気持ちになっていただろう。

百面鬼は頃合を計《はか》って、会話に加わった。話題は次々に変わったが、三人の雑談は途切れることはなかった。

百面鬼は、ひと足先に見城の部屋を出た。

覆面パトカーに乗り込み、すぐ新宿に向かう。小松組の事務所のドアを押したのは約束の時間の五分前だった。

代貸の中谷は、すでに事務所にいた。百面鬼は中谷に導かれ、奥の組長室に入った。

「小松の告別式は無事に済んだのか?」

「ええ、おかげさまで。全国から系列の親分衆が列席してくれて、盛大な葬儀になりました。死んだ組長《オヤジ》に恥をかかせるようなことはなかったと思います」

「それはよかったじゃねえか。例の着手金、用意してくれたよな?」

「ええ。いま持ってきます。どうぞお掛けください」

中谷が応接ソファを手で示し、小松が使っていた両袖机に歩み寄った。

百面鬼はソファに腰を沈めた。中谷が大きな蛇腹封筒を両腕で抱え、ソファセットのある場所に戻ってきた。彼は百面鬼と向かい合う位置に坐り、膨らんだ蛇腹封筒を卓上に置いた。

「着手金の一千万が入っています。どうぞご確認ください」

「面倒臭《くせ》えから、いいよ。そっちを信用すらあ」

「そうですか。柴を生け捕りにして、バックにいる人物を始末してくれたら、すぐに残りの二千万をお支払いします」

「一週間、いや、十日ぐれえかかるかもしれないが、引き受けた仕事はやり遂げる」

「ひとつよろしくお願いします」

「わかった。当分、そっちが組長代行を務めることになったのか？」

「ええ。組長《オヤジ》の骨を拾ってるとき、姐《あね》さんから組長代行をやってくれと頼まれたんですよ。ありがたいことに、わたしを理事会で新組長に推すとも約束してくれました」

「それなら、そっちは小松組の新しい親分になるだろう。ま、頑張れや」

「ありがとうございます。先代の名を汚さないよう全力投球するつもりです。正式に跡《あと》目《め》を継いだら、百面鬼さんにも挨拶《あいさつ》いたします」

「そんときは、ちょいと祝儀《しゅうぎ》を弾むよ」

「祝儀なんて、とんでもない。お気持ちだけ頂戴《ちょうだい》しておきます」

「なら、そういうことにさせてもらうか。こいつは貰っとくぜ」

百面鬼は札束の入った蛇腹封筒を小脇に抱え、ソファから立ち上がった。中谷に見送られ、『小松エンタープライズ』のオフィスを出る。

覆面パトカーは大久保公園の際《きわ》に駐《と》めてあった。百面鬼は雑居ビルの斜め前にある月極駐車場の中に足を踏み入れ、通りからは死角になる場所に身を潜《ひそ》めた。

張り込んで、中谷の動きを探る気になったのだ。残照が消えたのは七時過ぎだった。

それから間もなく、久乃から電話がかかってきた。夕食を一緒に摂れるかどうかという問い合わせだった。

「職務で張り込みをすることになったんだ。だから、帰りは遅くなりそうだな。久乃も、どこかで外食しろよ」

百面鬼はそう言って、先に電話を切った。

私物の携帯電話を懐に戻したとき、雑居ビルの前に黒塗りのクライスラーが停まった。運転席から降り立ったのは小松組の若い組員だった。

中谷が外出するのかもしれない。

百面鬼はごく自然な足取りで月極駐車場を出て、クラウンを駐めてある通りの角まで歩いた。コンクリートの電信柱の陰から雑居ビルをうかがう。

数分待つと、中谷が姿を見せた。自らクライスラーの運転席に坐る。大幹部クラスのやくざが若い組員をガードにつけないときは、愛人に会いに行くことが多い。

百面鬼は覆面パトカーに乗り込み、大急ぎで車をバックさせた。早くもクライスラーは走りだしていた。百面鬼は、中谷の車を尾行しはじめた。クライスラーは区役所通りに出ると、靖国通りを左折した。

殺された小松の自宅とは逆方向だった。有希に会いに行くのではないのか。中谷は有希と都心のマンションで密会するつもりなのかもしれない。

やがて、クライスラーは九段下にあるシティホテルの地下駐車場に潜《もぐ》った。百面鬼も覆面パトカーを地下駐車場に入れた。

大型外車を降りた中谷は、階段を使って一階に上がった。百面鬼は、すぐ中谷を追った。中谷はフロントにいた。部屋のカードキーを受け取ると、エレベーターホールに向かった。

百面鬼はフロントに歩み寄り、三十代後半のフロントマンに声をかけた。

「いまカードキーを受け取った男の部屋番号を教えてほしいんだ」

「失礼ですが、どなたでしょう？」

フロントマンが穏《おだ》やかに訊いた。百面鬼は警察手帳を呈示した。

「刑事さんでしたか。お客さまは十階の一〇〇五号室をご利用になられています」

「ツインベッドの部屋だな？」

「さようでございます。お連れさまは直接、お部屋にお入りになるとのことでした」

「そう」

「あのう、一〇〇五号室のお客さまが何か法に触れるようなことをされたのでしょうか？」

フロントマンが好奇心を露《あらわ》にした。

「ちょっとした内偵《ないてい》なんだよ。このホテルに迷惑はかけない。こっちのことは内聞《ないぶん》にな」

「わかっております」

「よろしく！」

百面鬼はフロントから離れ、ロビーのソファに腰かけた。備《そな》えつけの夕刊を読む振りをしながら、玄関の回転扉を注視しつづけた。

十五分ほど流れたころ、茶色のファッショングラスで目許を隠している白いスーツを着た女性がロビーに入ってきた。百面鬼は相手の顔をよく見た。

小松有希だった。有希はフロントの横を通り抜け、手前のエレベーターに乗り込んだ。

百面鬼はソファから立ち上がり、エレベーターホールに急いだ。階数表示ランプを見上げると、十階で停止した。

中谷と有希が愛人関係にあることは、もはや間違いないだろう。二人がベッドに入ったころを見計らって、一〇〇五号室に押し入ることにした。

百面鬼は地下駐車場にいったん戻り、車のグローブボックスの中からオーストリア製のグロック17を取り出した。小松から預かったままの拳銃だ。

百面鬼はグロック17をベルトの下に差し込んでから、静かに車を降りた。地下一階でエレベーターに乗り込み、そのまま十階まで上がった。

函《ケージ》を出たとき、制服をまとった小柄なホテルマンが目の前を通り過ぎていった。百面鬼はエレベーターホールに留《とど》まり、小柄なホテルマンの動きを見守った。

なんとホテルマンは一〇〇五号室の前に立ち、部屋のチャイムを鳴らした。冷房機器か何かの調子が悪くて、中谷がホテルの従業員を部屋に呼びつけたのだろうか。

ホテルマンは一〇〇五号室の中に入っていった。

百面鬼は廊下を進んだ。一〇〇五号室を素通りし、一〇〇九号室の横にある非常口にたたずんだ。その場所は廊下から少し引っ込んでいた。防犯カメラの死角だった。

一分も経たないうちに、ホテルマンが部屋から現われた。幾分、目が血走っていた。小柄なホテルマンは小走りでエレベーターホールに消えた。

それから間もなく、有希があたふたと一〇〇五号室から飛び出してきた。ファッショングラスはかけていない。顔面蒼白《そうはく》だった。有希は逃げるような感じで部屋から遠ざかっていく。一〇〇五号室で何かあったようだ。

百面鬼はそう直感し、部屋に急いだ。

室内に入ると、白いバスローブ姿の中谷がベッドの側に倒れていた。仰向《あおむ》けだった。心臓部が鮮血で染まっている。

「おい、中谷！」

百面鬼は駆け寄った。かすかに硝煙《しょうえん》の臭いがする。

銃声は耳に届かなかったが、中谷はホテルマンを装った小柄な男に撃たれたのだろう。

百面鬼は屈《かが》み込み、中谷の右手首を取った。

肌の温《ぬく》もりは伝わってきたが、脈動《みゃくどう》は熄《や》んでいた。ベッドとベッドの間に置かれたサイドテーブルには、有希のファッショングラスが載《の》っていた。気が動転したため、置き忘れてしまったのだろう。

それにしても、なぜ中谷は撃ち殺される羽目になったのか。有希が女組長になりたくなって、ホテルマンに化けた殺し屋《ヒットマン》に不倫相手の中谷を射殺させたのだろうか。そうではなく、彼女は無実なのか。ファッショングラスを届けがてら、そのあたりのことを探ってみる気になった。

百面鬼は死体を跨《また》いで、サイドテーブルに近づいた。

4

風圧に似たものが耳許《みみもと》を掠《かす》めた。

ホテルの地下駐車場の通路を歩いているときだった。銃弾の衝撃波だろう。背後で着弾音がした。

百面鬼は身を屈《かが》め、ベルトの下からグロック17を引き抜いた。手早くスライドを引き、あたりを見回す。

出入口のスロープの下にホテルマンを装った小柄な殺し屋が立っていた。右手に握っているのは、ロシア製のマカロフPbだ。サイレンサー・ピストルである。

百面鬼は、相手との距離を目で測《はか》った。

三十メートル以上は離れていた。標的が遠過ぎる。拳銃弾がまっすぐに飛ぶのは、せいぜい二十二、三メートルだ。それ以上だと、弾道は下がってしまう。当然のことながら、命中率は落ちる。

百面鬼は中腰のまま、駐められている車の間に走り入った。すぐに偽ホテルマンが二弾目を放ってきた。

駐車中のアウディのフロントガラスに亀裂が走った。百面鬼は敵に近づき、グロック17の引き金を絞った。

重い銃声が反響した。残念ながら、九ミリ弾は的《まと》から少し逸《そ》れてしまった。

ホテルの制服を着た男が二発連射し、スロープを駆け登りはじめた。

百面鬼は追った。追いながら、オーストリア製の拳銃を吼《ほ》えさせる。逃げる男の背中を狙ったのだが、わずかに外してしまった。

偽ホテルマンがスロープを登り切った。

少し遅れて、百面鬼もホテルの地下駐車場を出た。ちょうどそのとき、灰色のＲＶ車が急発進した。助手席には偽ホテルマンが坐っていた。

仲間が待機していたのか。

百面鬼は車道まで駆けた。みるみるＲＶ車が遠ざかる。ナンバープレートの両端は大きく折り曲げられていた。５という数字しか見えなかった。なんてことだ。

百面鬼は歯噛みして、ホテルのスロープを下った。

地下駐車場には数人のホテルマンと客たちがいた。誰もが不安そうな顔で周囲を見回している。

「さっきの銃声で驚いたんだろうが、もう心配ない」

百面鬼は誰にともなく言った。と、ホテルマンのひとりがこわごわ話しかけてきた。

「あなたが撃ったんでしょうか？」

「そう、二発な」

「暴力団の抗争なんですね」

「おれは刑事だよ」

百面鬼は警察手帳を見せた。

「警察の方だったんですか。てっきり……」

「組関係の者だと思ったか？」

「ええ、まあ。どうも失礼しました」

「こういう風体《ふうてい》だから、よく組員に間違われるんだ。逃げたのは殺人事件の被疑者なんだよ。緊急逮捕したかったんだが、逃げられてしまった」

「その殺人事件というのは、まさか当ホテルで？」

「残念ながら、このホテルで事件が発生したんだ。一〇〇五号室の客が射殺されたんだよ」

「なんですって!?　それは大変だ」

ホテルマンが同僚とともにエレベーターホールに向かって走りはじめた。野次馬たちも散った。

百面鬼は覆面パトカーに乗り込み、中野に向かった。

殺された小松の自宅に着いたのは、およそ四十分後だった。百面鬼はクラウンを小松邸の石塀《いしべい》に寄せ、周りを注意深くうかがった。怪しい人影は見当たらない。

百面鬼は車を降り、小松宅のインターフォンを鳴らした。ややあって、スピーカーから有希の声が流れてきた。

「どちらさまでしょうか？」

「新宿署の百面鬼だ。夜分《やぶん》に申し訳ないが、ちょっと事情聴取させてもらいたいんだよ」

「事情聴取って、わたしからですか!?」

「そうだ。手間は取らせない。ちょっと家に入れてくれないか」

「わかりました。いま、門扉《もんぴ》を開けます」

「悪いね」

百面鬼は門から少し離れた。

玄関から有希が現われ、門扉の内錠を外した。未亡人は九段下のホテルで見た白っぽいスーツを着ていた。中谷が目の前で射殺されたことでショックを受け、着替える余裕もなかったのだろう。

百面鬼は応接間に通された。向かい合うと、有希が先に口を開いた。

「わたし、法律を破った覚えはありませんけど」

「九段下のホテルの一〇〇五号室で起こったことを話してもらいたい」

「なんのお話なのかしら？」

「奥さん、おれはあんたの不倫相手を尾行してたんだよ。正直に答えてくれないか」

「わたし、不倫なんてしていません」

「とぼけるなって。あんたは、中谷文博のいる一〇〇五号室に入っていった。おれは、この目でちゃんと見てる。それだけじゃない。旦那の仮通夜のあった日、あんたと中谷は庭の暗がりで何かひそひそ話をした後、キスをした。それも見てるんだよ」

「えっ」

有希の美しい顔が凍りついた。

百面鬼は上着の内ポケットから婦人用のファッショングラスを取り出し、コーヒーテーブルの上に置いた。有希が目を丸くした。すぐに彼女は下を向いた。

「このファッショングラスは、一〇〇五号室のサイドテーブルの上にあった。あんたが置き忘れた物だ」

「あなたがなぜ、わたしのファッショングラスを!?」

「おれは中谷のいる部屋の近くで張り込んでたんだ。姿を見せたあんたは一〇〇五号室に入ったが、すぐに出てきた。そこまで目撃してるんだよ。いい加減に中谷との仲を認めろ!」

百面鬼は声を張った。有希が観念し、語りはじめた。

「わたし、小松の後妻になって数カ月後に夫が愛人を囲ってることに気づいたんです」

「小松は再婚後も、愛人の世話をしてたのか。それは知らなかったな。どんな女なんだい？」

「元看護師の保科瑠衣《ほしなるい》という女性です。二十五、六歳だと思います。死んだ夫が彼女とどこで知り合ったのかはわかりませんけど、再婚前から世話をしてたことは確かです」

「で、あんたは腹いせから、中谷と親密になったのか」

「中谷さんは夫に裏切られてるわたしに同情してくれて、何かと優しくしてくれたんですよ。彼に奥さんがいたら、絶対に不倫に走ったりはしなかったと思います。でも、もう何年も前に離婚してたんで……」

「できちまったわけか」

百面鬼は言って、葉煙草《シガリロ》をくわえた。

「魔が差したんです。でも、中谷さんと男女の関係になったら、次第に彼に魅《み》せられるようになって別れられなくなりました」

「不倫ってやつは危険を孕《はら》んでるから、燃えるんだろう」

「そうなのかもしれません」

「中谷にしたって、親分の妻を寝盗《ねと》ったわけだから、下剋上《げこくじょう》の歓《よろこ》びを味わえたろうし、さぞや毎日がスリリングだったにちがいない」

「中谷さんは本気でわたしを想ってくれていました。少なくとも戯《たわむ》れなんかじゃなかったと思います。彼は、わたしが小松と別れて自分の胸に飛び込んでくれることを望んでたんですよ」

「けど、あんたは小松に別れ話を切り出すことができなかった？」

「ええ。ご存じのように死んだ夫は短気なんで、わたしはもちろん、中谷さんにもひどい仕打ちをするだろうと思ったんです。自分はどんな目に遭っても仕方ありませんけど、中谷さんが殺されるようなことになったら……」

有希がうつむいた。

「それで、あんたと中谷は小松を殺《や》っちまおうと考え、柴道夫たち三人を雇ったんじゃないのか」

「柴道夫って、誰なんです？」

「局友会老沼組を破門された野郎のことだよ。柴は知り合いのチンピラを誘って、小松を拉致した後、金属バットで撲殺した。中谷は組長の座とあんたの両方を手に入れたかったんだろう」

「中谷さんとわたしが共謀して、第三者に小松を殺害させたというんですか!?」

「ま、黙って聞けや。二人の企《たくら》みはうまく成功したが、中谷との間で何かトラブルが起こった。で、あんたはホテルマンになりすました小柄な殺し屋《プロ》を一〇〇五号室に呼び寄せ、中谷を射殺させた。あんた、女組長になりたくなったんじゃないのか？」

百面鬼は葉煙草《シガリロ》の火を消しながら、有希の顔を見据えた。

「中谷さんもわたしも、絶対に小松の事件には関与していません。もちろん、中谷さんの死にもわたしはタッチしていない。わたしにとって、彼は大切な男性でした。そんな中谷さんを殺させるわけないでしょ！　そんなふうに疑われるのはとても心外ですっ」

「ホテルマンを装った奴のことを、本当に知らないのか？」

「ええ。ホテルマンにしては、小柄でしたね。それに中性的な感じだったわ」

「中性的だったって？　一〇〇五号室で起こったことを精《くわ》しく話してくれないか」

「わたし、ファッショングラスをサイドテーブルに置いたとき、中谷さんに抱き寄せられたの。ベッドとベッドの間でキスをしてるとき、部屋のチャイムが鳴ったんです。相手はホテルの者だと名乗って、スプリンクラーの点検をさせてほしいと言いました」

「で、中谷がドアの内錠を外したんだな？」

「そうです。ホテルマンに化けた襲撃者は銃身の長い拳銃を突きつけて、中谷さんをベッドのそばまで後ずさりさせたんです。それから侵入者は中谷さんの名前を確かめると、至近距離から彼の心臓を撃ちました」

「偽ホテルマンは、そっちには銃口を向けなかったのか？」

「ええ。わたしを鋭く睨みつけただけで、急いで部屋から出ていきました」

「問題は、そこなんだよな。偽ホテルマンは犯行現場をあんたにもろに目撃されてるんだぜ。ふつうなら、自分に不都合な人間は始末するだろうが。だから、おれはあんたが殺し屋を雇って、中谷を片づけさせたんじゃないかと疑ったわけだ」

「疑われても仕方ないのかもしれませんけど、わたし、夫や中谷さんの事件には関わっていません。それだけは、どうか信じてください」

有希がそう言い、百面鬼の顔を正視した。

人間は疚《やま》しさがあると、つい目を逸《そ》らす。前科の多い犯罪者はポーカーフェイスが上手だが、それでも刑事の目を長くは見られないものだ。

有希の視線は一瞬たりとも揺らがなかった。嘘はついていないようだ。百面鬼は確信を深めた。刑事の勘だった。

「わたしの言ったこと、信じてもらえたでしょうか？」

「まあな」

「もしかしたら、小松と中谷さんは同じ人物に狙われたのかもしれません」

「なんでそう思う?」

「刑事さんもご存じでしょうが、小松組は金銭的に余裕がありませんでした。麻薬や管理売春は御法度《ごはっと》ですのでね。それで小松と中谷さんは共友会本部には内緒で、何か非合法ビジネスをやってたみたいなんですよ」

有希が言った。

「どんなダーティー・ビジネスをやってたんだと思う? 高級車の窃盗、闇金融、占有屋、地下げ屋、産業廃棄物の裏処分、倒産企業の整理、故買屋、取り込み詐欺《さぎ》、ヤラセ盗撮DVD、ぼったくりバー、違法カジノといろいろあるよな」

「具体的なことはわかりませんけど、今年に入ってから急に金回りがよくなりました」

「そうなのか」

百面鬼は有希の話を信じる気になった。

撲殺された小松は、進藤を三千万円で葬《ほうむ》ってくれと言った。また中谷は拉致された組長を救出してくれたら、三千万円の謝礼を払うとも約束した。さらに小松殺しの実行犯を生け捕りにして、黒幕を始末した場合も三千万円を出すと言った。現に中谷は、一千万円の着手金を払ってくれている。

そういうことができるのは、小松組が裏金を溜め込んでいたからだろう。殺された小松と中谷は、かなり危ない裏ビジネスをしていたらしい。そのため、二人は命を落としてしまったのではないか。

「小松は面倒を見ていた女性には、何か話してるかもしれませんね」

「保科瑠衣の住まいはわかるか？」

「ええ。JR高円寺駅の近くにある『高円寺レジデンシャルコート』というマンションの七〇七号室に住んでいます。わたし、小松が週に二日も外泊するので、一度、夫を尾行したことがあるんですよ。それで、愛人がいることがわかったんです」

「瑠衣って女に会えば、何かわかるかもしれねえな」

「そうですね」

「中谷も、あんたに裏仕事のことはまったく言わなかったんだな？」

「ええ。わたしに醜《みにく》い部分を見せたくなかったからだと思います。中谷さんは、カッコよく生きることを信条にしていましたので」

「確かに奴はカッコつけてたよな。それはともかく、故人に線香を上げさせてくれないか。おれ、本通夜と告別式には顔を出さなかったからな」

「遺骨は奥の仏間にあるんです。ご案内しましょう」

有希がソファから腰を浮かせた。百面鬼も立ち上がった。

二人は応接間を出て、階下の奥まった所にある仏間に入った。十畳間だ。大きな仏壇の前に急拵《ごしら》えの祭壇がしつらえられ、小松の遺影、骨箱、花、供物《くもつ》、香《こう》炉《ろ》などが並んでいた。百面鬼は遺影の前に正坐し、線香を立てた。合掌し、胸の中で経を唱えはじめる。

少し経つと、脈絡もなく初体験の相手の若い後家のことが脳裡に蘇《よみがえ》った。彼女は結婚して一年半後に夫に先立たれてしまった。自殺だった。

百面鬼は高校一年生の夏、父の代わりに未亡人宅を訪れた。新盆だからか、二十六歳の後家は喪服を着ていた。

白い項《うなじ》が眩《まばゆ》かった。経を読みながら、百面鬼は烈《はげ》しい性衝動《リビドー》に駆られた。読経が終わったとき、目に涙を溜めた未亡人が抱きついてきた。百面鬼は押し倒され、唇を吸われた。

およそ現実感がなかった。白日夢《はくじつむ》とさえ思えた。

未亡人は百面鬼の僧衣を脱がせると、自分もいったん喪服を解いた。すぐに彼女は雪のように白い裸身に喪服をまとい、百面鬼の股の間にうずくまった。

百面鬼は猛《たけ》った分身をしごかれ、舌技を施《ほどこ》された。ペニスは一段と膨れ上がった。痛いほどだった。

若い未亡人はそれを見届けると、獣の姿勢をとった。すぐに喪服の裾を撥《は》ね上げ、赤く輝く合わせ目を二本の指で押し拡げた。くぼんだ部分は潤《うる》みで光っていた。

百面鬼は未亡人の背後に両膝を落とし、硬いペニスを襞《ひだ》の奥に突き入れた。

「夫は、このわたしを置き去りにして勝手に死んでしまったの。そんな男のことは早く忘れたいのよ。わたしの生き方を変えさせてちょうだい」

未亡人はそう口走ると、ヒップをくねらせはじめた。百面鬼は煽《あお》られ、がむしゃらに突きまくった。それで、呆気《あっけ》なく果ててしまった。

未亡人は失望した様子だったが、口で百面鬼の分身を清めてくれた。百面鬼は無言で袈裟《けさ》をまとい、表に飛び出した。

性の悦《よろこ》びを知った彼は、半月後に未亡人宅を訪れた。だが、家は引き払われていた。未亡人の転居先をなんとか突きとめたかったが、ついにわからなかった。

百面鬼は読経が終わると、小松宅を辞去《じきょ》した。

第四章　見えない標的

1

目の前で信号が赤に変わった。

百面鬼は舌打ちして、覆面パトカーのブレーキペダルを踏みつけた。小松宅を訪れた翌日の午後四時数分前である。

百面鬼は高円寺をめざしていた。小松の愛人宅を訪ねるところだ。すでに杉並区内に入っている。

信号が青になった。百面鬼は、ふたたびクラウンを走らせはじめた。

数百メートル進むと、麻の白いジャケットの内ポケットで刑事用携帯電話《ポリスモード》が着信音を発した。ポリスモードを耳に当てる。

「おい、もう知ってるよな？」

本庁の郷刑事がのっけに言った。

「なんの話だ？」

「まだ知らないようだな。柴道夫が口を封じられた」

「なんだって!?」

「茨城《いばらき》の大洗《おおあらい》海岸近くの消波ブロックの間に柴の水死体が引っかかってたんだ。釣り人が正午過ぎに発見したらしいよ。柴は全身を細い針金でぐるぐる巻きにされてたそうだ。おそらく生きたまま、堤防か船の上から海に投げ落とされたんだろうな」

「そうなのかもしれねえ。柴たちに小松を始末させた人物はてめえに捜査の手が伸びてくるのを恐れて、早目に実行犯を葬る気になったんだろう」

「百面鬼、これで黒幕を突きとめる手がかりがなくなったことになるな」

「いや、別の緒《いとぐち》を摑《つか》めるかもしれない」

「そうなのか。それじゃ、おれはもう小遣い稼げなくなったわけだ？」

「郷、ぼやくなって。ちゃんと内職させてやるよ。茨城県警に知り合いがいたら、柴殺しの捜査情報を集めてほしいんだ」

「親しくしてる刑事が何人かいるよ。早速、動こう」

「頼むぜ」

「肝心の謝礼のことなんだが……」

「情報の内容によって、おれが適当に額を決める。それでいいだろう？」

「最低五、六万は保証してくれよな。おれも職務をそっちのけにして、内職に励むんだからさ」

「そのへんは心得てるよ。いつも銭のことを言ってると、嫌われるぞ」

「おれは貧しい家で育ったから、見栄を張る気はない。欲を剝《む》き出しにして、本音で生きてやる」

「この野郎、開き直りやがって。けど、建前で生きてる偽善者よりはずっと増しだよ。いい情報《ネタ》を摑んだら、すぐ連絡くれ」

百面鬼は通話を切り上げ、ポリスモードを懐に戻した。運転に専念する。

十分ほど車を走らせると、右手に『高円寺レジデンシャルコート』が見えてきた。

小松の愛人だった保科瑠衣が住んでいるマンションだ。八階建てだった。

マンションの少し先に、見覚えのあるドルフィンカラーのＢＭＷが停まっていた。５シリーズだ。百面鬼はナンバープレートを見た。やはり、相棒のドイツ車だった。

見城は長いことオフブラックのローバー８２７ＳＬｉに乗っていたが、サーブに、そしてBMWに買い換えたのである。昨秋に最愛の女に死なれてしまって、気分転換したかったので、出ることにしたのだろうか。

百面鬼は見城の真後ろに覆面パトカーを停めた。見城が百面鬼に気づき、すぐに自分の車から出てきた。百面鬼はクラウンの助手席のドア・ロックを解いた。シナモンブラウンのサマージャケットを着た見城が助手席に乗り込む。

「百《どう》さんが、なんでこの場所にいるの？」

「このマンションの七〇七号室に住んでる元看護師から何か手がかりを得られるかもしれねえと思って、高円寺に来たわけよ」

「その元看護師というのは、保科瑠衣のことだね」

「見城ちゃん、どうして瑠衣のことを知ってんだ!? そうか、例の死体泥棒の事件に瑠衣が関与してる疑いがあるんだな」

「そうなんだ」

「こいつは驚いたな。おれたちは別々の事件を追ってたのに、ここでクロスしたんだ。瑠衣って女は、小松組長の愛人《レコ》だったんだよ」

百面鬼は言った。

「そこまでは知らなかったな。しかし、色気のある美人だから、世話したがる中高年の男は何人もいるだろうとは思ってたよ」

「見城ちゃん、瑠衣の顔写真《ガンクビ》は？」

「持ってる」

見城が上着の内ポケットから一葉《いちよう》のカラー写真を抓《つま》み出した。

百面鬼は写真を受け取った。瑠衣は確かに美しかった。顔は卵形で、造作の一つひとつが整っている。それでいて、取り澄ました印象は与えない。色っぽかった。ことに、やや肉厚な唇がセクシーだ。

「いい女じゃねえか。小松が面倒見たがったわけだ。おれだって、機会があったら、抱きたいと思うよ」

「好きだな、百《どう》さんは」

「話を元に戻すぜ。若死にした女の死体が八体も盗み出されたのは、四谷にある博愛会《はくあいかい》総合病院だったよな？」

「そう。内科、外科、整形外科、心臓外科、形成外科、皮膚科、眼科、口腔《こうくう》外科、精神科、泌尿器《ひにょうき》科、産婦人科、肛門科のある大きな私立総合病院だよ。保科瑠衣は二年前まで心臓外科のナースをしてたんだ」

「盗まれた八体は、心臓外科の入院患者だったのか？」

「五体はそうだが、三体は内科の入院患者だったんだ」

「そうか。瑠衣が死体泥棒を手引きしたかもしれないと思った理由《わけ》は？」

「若い女たちの死体が盗まれた日の前日か当日、瑠衣はきまって昔の職場を訪ねてたんだ。かつてのナース仲間や女医にコンサートや映画のチケットを配ってるんだが、死体安置所の周辺をうろついてたというんだよ」

見城が言った。

「下見してたんじゃねえのか」

「おそらく、そうなんだろうな。それから彼女は死んだ患者の身内を装って、病院に出入りしてる葬儀社に電話をかけ、遺体を運び出す時刻を聞き出してたんだ」

「マスコミ報道によると、葬儀社の社員や医療廃棄物処理業者に化けた奴らが若い女の死体をかっぱらったんじゃなかったっけ？」

「そうなんだ。瑠衣を怪しんだのは、不審な行動のほかに実兄の保科浩和《ひろかず》が高級ダイニングバーの経営に失敗して、一億数千万円の借金を抱えてる事実が浮かび上がってきたからなんだよ」

「保科浩和は、いくつなんだ？」

「瑠衣より八つ上だから、三十四歳だね。保科は大学を中退後、ホストで小金《こがね》を貯めて、飲食店の経営に乗り出したんだ。ラーメン屋とパスタ屋が軌道に乗ったんで、西麻布《にしあざぶ》に洒落《しやれ》たダイニングバーを開いたんだよ。二年半ほど前にね」

「けど、商売はうまくいかなかった。そんなことで、多額の借金を背負っちまったんだな？」

「そうなんだ。足りない開業資金はメガバンク、地方銀行、信用金庫から借りたんだが、運転資金は消費者金融から引っ張ったんだよ。さらに月々の赤字分を補うため、商工ローンや高利の街金からも借金してた」

「そりゃ大変だ」

「保科兄妹《きようだい》はものすごく仲がいいんだよ。瑠衣が高一のとき、両親が交通事故で死んでしまったんだ。それ以来、兄と妹は支《ささ》え合いながら、健気《けなげ》に生きてきたんだろう」

「だから、瑠衣は兄貴の借金を少しでも減らしたいと考え、死体泥棒の手助けをしたんじゃねえかって読みか」

「そう。どうやら百《どう》さんとおれは、同じ敵を闇の奥から引きずり出そうとしてるらしいね。この際、共同戦線を張らない？」

「いいだろう」

百面鬼は、瑠衣の写真を見城に返した。

「いま瑠衣は自分の部屋にいる。彼女が誰かと接触するのを辛抱強く待つ気だったんだよ」

「見城ちゃんらしくねえな。以前のように甘いマスクで相手の気を惹《ひ》いて、高度なセックス・テクニックで甘い拷問《ごうもん》にかけりゃ、瑠衣って女は何もかも白状するだろうが」

「いずれ、その手も使うことになるだろうな。しかし、もう少し瑠衣の動きを探ってみたいんだ」

「まどろっこしいが、そっちがそうしてえんだったら、別におれは反対しねえよ」

「話は決まった。瑠衣が外出したら、リレー尾行しよう」

「オーケー、わかったよ」

「パトロンの小松が殺されたんだから、瑠衣もこのマンションにいつまでもいられなくなるだろう。そのうちワンルームマンションにでも引っ越して、どこかの病院に勤める気なんじゃないか」

「だろうな。そうだ、小松を殺《や》ったと思われる柴って奴が正午過ぎに茨城の大洗海岸で水死体で見つかったってよ」

「そう」

「見城ちゃん、本庁の郷のことを憶《おぼ》えてるか？　一度、奴を交《まじ》えて三人で酒を飲んだことがあるんだが……」

「憶えてるよ。百《どう》さんと警察学校で同期だったんだよね」

「そうなんだ。実はな、郷に柴の事件の捜査情報を集めてもらってるんだよ。その線からも何か手がかりが得られるといいんだがな」

「そうだね。瑠衣が出てきたら、先におれが張りつくよ」

見城がクラウンを降り、自分のBMWの運転席に入った。

有希はどうしているだろうか。百面鬼は小松の自宅に電話をかけた。十数回めのコールサインで、ようやく有希が電話口に出た。

「おれだよ。なんか取り込んでるみてえだな」

「葬儀社の方と打ち合わせをしてたんですよ。中谷さんの弔《とむら》いをここでやることにしたんです」

「小松は、ばかだよ。すぐ近くに宝物があるのに、若い愛人にうつつを抜かしたりして」

「そういう話はやめてください」

「怒ったのか？」

百面鬼は訊いた。

「来客中ですので、手短にお願いします」

「わかった。そっちが当分、組長代行を務めるんだな？」

「そうなると思います」

「女がトップに立つと、組員たちに睨《にら》みが利かなくなるもんだ。けど、おれがそっちの後見人になれば、不平や不満を口にする奴はいなくなるだろう」

「それ、どういう意味なんですか？」

「これから、いいつき合いをしようや。言ってる意味、わかるよな？　といっても、そっちを縛る気はねえ。気が向いたときに抱かせてくれりゃいいんだ」

「侮辱しないで！　ホテルの部屋にファッショングラスを置き忘れたこと、所轄署に話しても結構ですよ。小松はもう亡くなってるんです。中谷さんとの関係を組の者に知れたって、別にかまいません。言い触らしたいんだったら、どうぞお好きなように」

「そこまでむくれることはないだろうが。おれは、あんたが気に入ったんだ。だから、厭《いや》がることはしないよ」

「だったら、二度とわたしの前に現われないでちょうだい！」

有希が言い放ち、乱暴に受話器を置いた。

口説けなかったか。百面鬼は私物の携帯電話を上着の内ポケットに戻し、葉煙草《シガリロ》に火を点けた。

ちょうど一服し終えたとき、『高円寺レジデンシャルコート』の駐車場から真珠色のプジョーが走り出てきた。

ステアリングを握っているのは保科瑠衣だった。見城の車がプジョーを追尾しはじめた。百面鬼はゆっくりとBMWの後に従った。

フランス車は青梅《おうめ》街道に入ると、新宿方向に進んだ。成子坂下《なるこざかした》を右折し、今度は十二社《じゅうにそう》通りに入った。BMWが減速した。百面鬼は見城の車を追い抜き、瑠衣のプジョーの数台後ろに割り込んだ。

瑠衣が尾行を覚った様子はうかがえない。プジョーは新宿中央公園の裏を低速で進み、ほどなく公園の南端に寄せられた。

百面鬼はプジョーの三十メートルほど後方に車を停めた。見城の車は、クラウンの十数メートル後ろに停止した。

瑠衣がプジョーから降りた。両手に膨らんだ手提げ袋を持っていた。

百面鬼と見城は相前後して、おのおの車から出た。瑠衣はシティホテルの斜め前あたりから、新宿中央公園に入った。淀橋給水所のある南側の公園だ。

百面鬼は見城と前後になりながら、瑠衣の後を追った。

瑠衣は遊歩道をたどり、池の脇を抜けた。その先の樹木の向こうには、段ボール小屋が点々と散っている。路上生活者《ホームレス》たちの塒《ねぐら》だ。

瑠衣は何かボランティア活動をしているのだろうか。百面鬼は歩きながら、そう推測した。

瑠衣は中ほどの段ボール小屋の横で立ち止まり、園内に住みついている男たちに呼びかけた。段ボール小屋の中から数人の中年男が姿を見せた。車座になって安酒を呷《あお》っていた年配の男たちも、瑠衣の周辺に集まった。

瑠衣は手提げ袋の中から菓子パンやサンドイッチを取り出し、ひとりひとりに手渡した。食べ物を恵まれた男たちは口々に礼を述べた。両手を合わせる者もいた。

「個人でホームレスたちの世話をしてるみたいだな」

見城が小声で言った。

「そんな心優しい女が死体泥棒の手助けをしたんだろうか。見城ちゃん、的外《まとはず》れな推測をしたんじゃねえのか」

「いや、彼女は怪しいよ」

「そうかな」

百面鬼は口を結んだ。

　そのとき、瑠衣が初老の男に膨らんだままの手提げ袋を手渡した。白髪《しらが》の目立つ男は何か言いながら、手提げ袋の中身を引っ張り出した。黒っぽい背広と灰色の作業服だった。

「瑠衣は食べ物を与えてるホームレスたちを葬儀社や医療廃棄物処理会社の従業員に化けさせて、病院から若い女の遺体を盗み出させてたのかもしれないな」

　見城が小声で言った。

「そう考えりゃ、美人の元看護師がここに来た理由がわかる。警察手帳《パス》を使って、あの女の身柄《ガラ》を押さえてもいいぜ」

「百さん、もう少し泳がせよう。これから、誰かと接触するかもしれないからね」

「わかった、そうしよう」

　百面鬼は同意した。

　瑠衣は男たちと十分ほど雑談を交わすと、段ボール小屋に背を向けた。急ぎ足で公園を出て、プジョーに乗り込んだ。

　百面鬼と見城は、それぞれの車に飛び乗った。プジョーは来た道を引き返し、そのまま『高円寺レジデンシャルコート』の駐車場の中に消えた。

　百面鬼はマンションの真横に覆面パトカーを停め、見城の携帯電話を鳴らした。

「どうする?」

「瑠衣の部屋に誰か訪ねてくるかもしれないから、もう少し待とう」

「それで?」

「午後十一時になったら、七〇七号室に押し入ろうよ」

見城が提案した。

百面鬼は同意して、電話を切った。

2

シリンダー錠が外れた。

百面鬼は鍵穴《かぎあな》からピッキング道具を引き抜いた。『高円寺レジデンシャルコート』の七〇七号室だ。午後十一時を数分回っていた。

「こっちが先に入ろう」

見城が声を潜めて言い、ドアを静かに開けた。

玄関ホールは暗かったが、部屋の奥は明るい。見城が室内に入って、靴を脱ぐ。百面鬼も倣《なら》った。

二人は忍び足で中廊下を進み、居間に入った。

照明が灯《とも》っていたが、瑠衣の姿は見当たらない。間取りは2LDKだった。

見城が右側にある寝室を覗《のぞ》き込んで、首を横に振った。百面鬼はリビングの左手にある八畳の和室の襖《ふすま》を開けた。無人だった。

「風呂に入ってるんだろう」

見城がそう言って、浴室に向かった。

百面鬼はリビングソファに腰かけ、グロック17をベルトの下から引き抜いた。そのとき、洗面所兼脱衣室で女の悲鳴がした。見城が部屋の主の腕かどこかを摑んだのだろう。

百面鬼は動かなかった。

見城が純白のバスローブを羽織《はお》った瑠衣の片腕を捉《とら》えながら、居間に戻ってきた。瑠衣は化粧を落としていたが、それでも綺麗《きれい》だった。濡れた洗い髪も美しい。

「あなたたち、押し込み強盗なのね」

「おれは殺し屋さ」

百面鬼は言って、瑠衣にオーストリア製の拳銃の銃口を向けた。

「それ、モデルガンでしょ？」

「小松組の組長の愛人だったのに、これが真正銃《マブチャカ》だってこともわからねえのか。この拳銃は、そっちのパトロンから預かった物だ」

「あなたたち、小松組の人たちなの？」

「二人ともヤー公じゃない。おれは一応、地方公務員だよ。相棒は私立探偵さ」

「私立探偵ですって!?」

「そう」

「あっ、わかったわ。小松のパパの奥さんに頼まれて、わたしに引導《いんどう》を渡しにきたのね。わたし、奥さんに手切れ金を出してくれなんて言うつもりはないし、この部屋も今月中には引き払うことにしたの。小松のパパに買ってもらったプジョーも返すわ」

「おれたちは小松の妻に頼まれて、ここに来たんじゃない。それから、そっちを殺しに来たわけでもないよ」

「目的は何なの？」

瑠衣がかたわらの見城に顔を向けた。

「きみの秘密を知りたいんだ」

「秘密って何のこと？　わたし、パパの事件には無関係よ。小松のパパとはお金で繋がってたわけだけど、喧嘩は一度もしたことがないの。パパはやくざだったけど、わたしにはとっても優しかったわ」

「こっちが知りたいのは、この半年の間に八件も起こった死体消失事件のことなんだよ。博愛会総合病院から若死にした女性の死体が相次《あいつ》いで盗まれた事件の真相を探ってるんだ」

見城が急にバスローブのベルトをほどき、瑠衣を裸にした。一瞬の出来事だった。

瑠衣は足許に落ちたバスローブを見つめ、茫然《ぼうぜん》としていた。パンティーは穿《は》いていなかった。熟《う》れた肉体は均斉《きんせい》がとれている。豊かなバストは砲弾に近い形だった。

「きみが二年前まで博愛会総合病院の心臓外科でナースをやってたことは調査済みなんだ」

見城が言った。

「だから、なんだと言うの？」

「八つの死体が盗まれた日の前日か当日、きみがかつての職場を訪ねたこともわかってる」

「愛人生活って、案外、退屈なのよ。時間を持て余してたので、昔のナース仲間や女医さんに会いに行ってたの」

「おれは、きみが死体の盗み出しを手伝ったと睨《にら》んでる」

「何を言ってるの!?　とんでもない言いがかりだわ」

瑠衣が憤然《ふんぜん》と言った。

「言いがかりかな。きみは事前に若死にした入院患者の身内の振りして葬儀社に電話をかけて、遺体の引き取り時刻を探り出した。また医療廃棄物処理会社からも、使用済みの注射針やアンプルの回収時間を聞き出したよなっ」

「わたし、そんなことしてないわ」

「強《したた》かだな。夕方、きみは新宿中央公園に行って、ホームレスたちに菓子パンやサンドイッチを配った。それから、白髪の目立つ初老の男に黒っぽい背広や作業服の詰まった手提げ袋を渡した」

「わたし、きょうは一度も外出してないわ」

「それは嘘だな。おれたちは、きみの車を尾行してたんだ。ホームレスの男たちを葬儀社や医療廃棄物処理会社の従業員に仕立てて、きみが死体安置所から八つの遺体を盗み出させたんだろう？」

「ばかばかしくて、怒る気にもなれないわ」

「顔が引き攣《つ》ってるぞ」

「怒りのせいよ。いつまでこんな恰好《かっこう》をさせておくつもりなのっ。バスローブ、着るわよ。いいでしょ？」

「おい、素直になれよ」

百面鬼は言って、ふたたび銃口を瑠衣に向けた。

「あなたたち、わたしをレイプする気なのっ。そうなんでしょ？」

「そっちはセクシーな美女だが、おれたちはガキじゃない。輪姦《マワシ》なんかするか！」

「だったら、バスローブを着させてよ」

「それは駄目だ。素っ裸にしておかないと、逃《フケ》げられるかもしれないからな」

「わたし、逃げたりしないわ」

「人間は誰も素っ裸で生まれてきたんだ。何も恥ずかしがることはないだろうが」

「そうだけど……」

瑠衣が頬を膨らませた。百面鬼は目顔《めがお》で見城を促《うなが》した。見城が瑠衣に話しかける。

「おれは、きみの兄貴の保科浩和のことも調べ上げた。兄貴はダイニングバーを潰《つぶ》して、一億数千万の借金を抱えてる。メガバンク、地銀、信金、街金の利払いもできなくなって、ビジネスホテルやカプセルホテルを転々としてるんだよな？」

「……………」

「商工ローン会社の『東都《とうと》ファイナンス』には、まだ五千万円の債務がある。保証人不要を売りものにしてる会社だが、連中の取り立ては厳しかったんだろうな。きみたち兄妹が支え合って生きてきたこともわかってる」

「…………」

「実兄が多額の借金を抱えて苦しんでる姿を見るのは、さぞや辛かったろう。で、きみは昔の職場から若い女性の死体を盗み出した。きみにそれをやらせたのは、医師免許を失った元ドクターか臓器ブローカーなんだろう。あるいは、死体ビジネスをやってる外国の会社なのかもしれないな」

「兄がダイニングバーの経営に失敗して、大きな負債を背負ったことは事実よ。だけど、わたしは死体泥棒なんかじゃないわ」

瑠衣が叫ぶように言った。見城が肩を竦《すく》める。

「いつもの手を使おうや」

百面鬼は見城に言い、おもむろに立ち上がった。無言で瑠衣を寝室に引きずり込む。

「やっぱり、わたしをレイプする気なんじゃないのっ。いや、やめて！」

瑠衣が喚《わめ》きながら、しゃがみ込んだ。

百面鬼は拳銃をベルトの下に差し込み、瑠衣を抱き起こした。

瑠衣が身を捩《よじ》って、手脚をばたつかせた。しかし、所詮《しょせん》は女の力である。百面鬼はダブルベッドの上に瑠衣を仰向けに寝かせ、グロック17の銃口を彼女の脇腹に押し当てた。

さすがに恐怖と不安に襲われたらしく、瑠衣はおとなしくなった。見城がベッドに浅く腰かけ、瑠衣に笑顔を向けた。

「ナイスバディだね。男を蕩《とろ》かしそうな肢体だ」

「ひとりだけにして」

「え？」

「輪姦は絶対にいや！　あなたとなら、セックスしてもいいわ」

「何か勘違いしてるな。おれたちは女に不自由してるわけじゃない。きみを犯したりしないよ」

「なのに、どうして寝室にわたしを連れ込んだの？」

瑠衣が訝《いぶか》しげに訊いた。

「おれは、きみの怯《おび》えを取り除いてやりたいんだ」

「よく話が呑み込めないわ」

「黙って！　瞼《まぶた》を閉じて、リラックスするんだ」

見城が恋人をなだめるような口調で言い、右手の人差し指で瑠衣の頬から顎《あご》をフェザータッチで撫《な》でた。左手で耳朶《みみたぶ》を軽く揉《も》み、項《うなじ》に指先を滑らせる。

「セクシーな唇だ。吸いつきたくなるな」

見城が右手の指で瑠衣の唇をなぞりはじめた。情熱の籠《こも》った手つきだった。

百面鬼はベッドから離れ、相棒の動きを目で追った。見城は左手の指で瑠衣の肩口や鎖骨《さこつ》の窪みを慈《いつく》しみながら、右手で二つの乳首を優しく抓《つま》んだ。それから彼は、揃《そろ》えた四本の指で乳頭を擦《こす》った。

瑠衣が喉の奥で呻いた。見城は二つの隆起を交互にまさぐりながら、長く伸ばした舌の先で瑠衣の唇を舐《な》めた。瑠衣が反射的に見城の唇を求めた。すると、すぐに見城は舌を引っ込めた。同じことが三度繰り返された。

「ね、キスして」

瑠衣がせがんだ。見城はそれを無視して、胸の蕾《つぼみ》を吸いつけた。ほとんど同時に、瑠衣が喘《あえ》ぎはじめた。

見城は左手の中指を瑠衣の口の中に潜《もぐ》らせた。瑠衣が見城の指を粘《ねば》っこくしゃぶる。

見城は右手で瑠衣のウエストのくびれや滑《すべ》らかな下腹を愛《いと》おしげに撫で回した。

次は秘めやかな部分に指を這《は》わせる気らしい。

百面鬼は、そう予想した。だが、それは裏切られた。見城は恥丘《ピユービック》には一度も指を近づけなかった。太腿から足首まで腕を繰り返し上下させ、内腿を撫でつづけている。

さんざん焦《じ》らされた瑠衣は、もどかしげに腰を迫《せ》り上げた。と、急に見城は瑠衣を俯《うつぶ》せにさせた。形のいいヒップを揉みながら、瑠衣の肩胛骨《けんこうこつ》と背中の窪みに舌を滑らせた。

いつの間にか、見城の右手は桃尻の下に潜り込んでいた。瑠衣が切なげに呻き、ここ
ろもちヒップを浮かせた。百面鬼は後ろに退《さ》がり、壁際《かべぎわ》の寝椅子《カウチ》に腰かけた。喉の渇《かわ》きを覚えたが、寝室を出る気はなかった。

「上手《うま》すぎる、上手すぎるわ。そんなことされたら、わたし……」

瑠衣が上擦《うわず》った声で言い、腰をくねらせはじめた。それから間もなく、彼女は頂点に達しそうになった。

と、見城が指の動きを止めた。焦らしのテクニックだ。見城は醒めた表情で、五度も瑠衣をエクスタシー寸前まで煽《あお》った。

「こんなの、残酷だわ。お願いだから、早くわたしを……」

瑠衣が羞恥心《しゅうちしん》を忘れ、切迫《せっぱく》した声で哀願した。快感地獄でのたうち回ることに耐えられなくなったのだろう。

「正直に何もかも吐いたら、この世の天国に行かせてやろう。ホームレスたちを使って、若い女たちの死体をかっぱらったな？」

「お願い、指を動かして！」

「質問に答えるのが先だ。どうなんだっ」

「兄に頼まれたのよ」

「きみの兄貴は何か死体ビジネスをやりはじめてるのか？」

「違うわ。兄は『東都ファイナンス』の浦辺澄也《うらべすみや》って社長に五千万円の借金を棒引きにしてやるから、若い女性の死体を十体集めてこいって言われたのよ。それで、兄はわたしのところに相談に来たの」

「きみは兄貴を厳しい取り立てから解放させたくて、八つの死体をホームレスの男たちに盗み出させたんだなっ」

「そう、そうよ。死体安置所の合鍵を予《あらかじ》め作っておいたので、事はスムーズに運んだわ」

「盗んだ死体は浦辺に直《じか》に届けたのか？」

「ううん、兄が指定された場所まで死体を運んだのよ。ね、早く指を使って。焦らされつづけたんで……」

「いいだろう」

見城が、また高度なフィンガーテクニックで瑠衣の性感を高めはじめた。瑠衣は髪を左右に振りながら、腰を弾ませつづけた。

「浦辺社長は何か死体ビジネスをやってるんだな？」

「わ、わたしはわからないわ。兄なら、そのへんのことは知ってるかもしれないけど」

「兄貴はどこにいる？」

「今夜は新宿東口の近くにあるビジネスホテルに泊まると言ってたわ」

「兄貴に電話して、すぐここに呼んでくれ」

見城は右手を引っ込め、瑠衣のヒップをぴたぴたと叩《たた》いた。

「わたしを騙《だま》したのねっ」

「そういうことになるな。兄貴を呼ばなきゃ、おれの相棒が悪さをしそうだな」

「汚い奴！」

瑠衣が見城を罵倒《ばとう》し、上体を起こした。

百面鬼はカウチから立ち上がり、ベッドに近づいた。

「おれに手錠《ワッパ》掛けられたくなかったら、すぐ兄貴に電話するんだな」

「あなた、刑事だったの!?」

瑠衣の声は裏返っていた。百面鬼は顔写真付きの警察手帳を見せ、ナイトテーブルに目をやった。そこには、瑠衣の携帯電話が載っていた。

「兄をここに誘《おび》き寄せて、わたしたち兄妹を一緒に捕まえる気なんじゃないの？」

「疑い深いな。おれはそっちの兄貴から、『東都ファイナンス』の浦辺がどんな死体ビジネスをしてるのか聞きたいだけだよ」

「ほんとに？」

「ああ」

「兄をここに呼べば、わたしたち兄妹がやったことには目をつぶってくれるのね？」

「ああ、見逃してやる」

「わかったわ」

瑠衣が携帯電話を掴み上げ、兄に連絡を取った。すぐに電話は繋がった。

「兄さん、大事な相談があるのよ。悪いけど、これからわたしのマンションに来てくれない？」

「…………」

「ううん、そうじゃないの。パパ絡《がら》みの話じゃないから、安心して。タクシーに乗れば、十数分で来られるでしょ？」

「…………」

「絶対に来てよね」

通話が終わった。

「兄貴が来るまで、その姿でいてくれ」

「なぜ、裸じゃなければいけないの？　わたし、逃げたりしないわよ」

「いいから、そのままでいてくれ」

「わかったわ。でも、恥ずかしい部分は隠してもいいでしょ？」

「ああ」

百面鬼は許可した。瑠衣がタオルケットで裸身を包んだ。

見城が寝室を出て、洗面所に向かった。瑠衣の愛液に塗れた指を洗いに行ったのだろう。

「小松組の代貸をやってた中谷も殺されたのは知ってるな？」

百面鬼は瑠衣に確かめた。

「ええ。小松のパパと中谷さんが殺されたのは、どこかの暴力団と何かで揉めてたからなんでしょ？」

「そうじゃないだろう。小松組がどこかの組と揉め事《ゴタ》起こしてたって話は耳に入ってない。そっちは、小松から組がほかの組織と揉めてたって話を聞いたことあるか？」

「いいえ、ないわ。なんとなくそうなんじゃないかと思っただけよ」

「そうか。小松は最近、金回りがよかったんだろう？」

「ええ、そうね。ブランド物のバッグや腕時計を幾つも買ってくれたから、だいぶリッチだったんでしょうね」

「小松と中谷は共友会本部には内緒で何か危《ヤバ》い裏仕事をしてたみたいなんだよ。だから、二人は始末されたんだろう。裏仕事に何か思い当たらないか？」

「特に思い当たることはないわ。小松のパパ、組のことやビジネスのことは、ほとんど話さなかったの」

「そう。小松とは、どこで知り合った？」

「兄の経営してたダイニングバーでよ。わたし、時々、お店を手伝ってたの。パパはわたしのことを気に入ったみたいで、ある日、二カラットのダイヤの指輪をプレゼントしてくれたのよ。そのとき、月八十万円で愛人にならないかって、ストレートに言われたの。ナースの仕事は激務なのに、お給料は安いのよね。わたしも少しは贅沢《ぜいたく》したかったんで、パパに面倒見てもらうことにしたのよ」

「そうだったのか」

「だけど、いまの生活は終わりね。ウィークリーマンションに移って、職探しをはじめなくちゃ」

瑠衣があっけらかんと言った。

そのすぐ後、見城が寝室に戻ってきた。瑠衣がしおらしく見城に話しかけた。

「さっきは悪態《あくたい》をついて、ごめんなさい。焦《じ》らされつづけたんで、つい頭にきちゃったのよ。それにしても、あなた、スーパーテクニシャンね」

「まだまだ未熟だよ」

見城が素っ気なく答えた。瑠衣が泣き笑いに似た表情を見せ、すぐに下を向いた。寝室に気まずい空気が流れた。

部屋のインターフォンが鳴ったのは七、八分後だった。

「ここは頼むぜ」

百面鬼は見城に言い、玄関に向かった。ドアを開けると、三十三、四歳の男が立っていた。顔立ちは整っていたが、妹とはあまり似ていない。

「保科だな？」

「ええ、そうです。失礼ですが、あなたは？」

「新宿署の者だ」

「えっ」

保科が蒼《あお》ざめた。百面鬼は瑠衣の兄を部屋の中に引きずり込み、グロック17の銃口を腹に突きつけた。

「若死にした八人の女の死体を博愛会総合病院から盗み出したこと、妹が白状したよ。『東都ファイナンス』の浦辺社長に若い女の死体を十体集めりゃ、五千万の借金を棒引きにしてやるって言われたんだってな？」

「そ、それは……」

「もう観念しろ！　浦辺がどんな死体ビジネスをやってるのか教えてくれりゃ、おまえら兄妹の犯罪は見なかったことにしてやってもいい」

「ありがたい話ですけど、浦辺社長が八つの死体をどうしたかはわからないんですよ。ぼくは、指定された場所に車で遺体を運んだだけなんです。嘘じゃありません。どうか信じてください」

「口を大きく開けな」

「どうしてそんなことをさせるんです!?」

「おれを怒らせたいのかっ」

「いいえ」

保科が震え上がり、口を大きく開けた。百面鬼はグロック17の銃身を保科の口中に突っ込んだ。

保科が喉を軋《きし》ませ、目を白黒させた。

「もう一度、訊く。浦辺はどういう非合法ビジネスをやってるんだ？」

「わ、わかりません」

「声がくぐもってて、聞き取りにくいな。いっそ撃っちまうか」

百面鬼は威嚇《いかく》した。すぐに保科が胸の前で拝む真似をした。涙ぐんでいた。

保科の話は嘘ではなさそうだ。百面鬼は銃身を引き抜き、保科を寝室に連れ込んだ。

瑠衣が先に声を発した。

「兄さん、ごめんね」

「何も着てないようだけど、警察の人間にレイプされたのか!?」

「ううん、裸にされただけよ。わたしが逃げると思ったみたいなの」

「そうだったのか」

保科は口を噤《つぐ》んだ。百面鬼は瑠衣の兄に命じた。

「そっちも素っ裸になって、ベッドに入れ！」

「えっ、ぼくに何をさせる気なんです!? まさか妹とセックスしろと言うんじゃないでしょうね？」

「そこまでは強要しないよ。ちょっとオーラルプレイをさせるだけだ」

「そ、そんなことはできません」

「なら、二人とも留置場行きだな」

「ま、待ってください。シックスナインで舐め合うだけで、セックスそのものはしなくてもいいんですね？」

「そうだ」

「兄さん、何を考えてるの!? わたしたちがそんなことしたら、それこそ、犬畜生よ」

瑠衣が狼狽《ろうばい》した。

「おまえは逮捕されることになってもいいのかっ」

「いやよ」

「だったら、死んだ気になるんだ。いいな！」

保科が妹を言い諭し、手早く衣服を脱いだ。

瑠衣が百面鬼に顔を向けてきた。

「どうしてわたしたちに無理なことをやらせるの!? まともじゃないわ」

「ちょっと保険を掛けておきたいのさ」

「保険？」

「じきにわかるよ」

百面鬼は言って、瑠衣のタオルケットを剝《は》いだ。

保科がベッドに仰向けになり、妹を急《せ》かす。

「瑠衣、早く逆《さか》さまになれ」

「でも……」

「オーラルプレイだけなんだ。迷うんじゃないっ」

「なんてことなの。でも、捕まりたくないから……」

瑠衣が頭を兄と逆方向にし、ゆっくりと跨《また》がった。

保科が瑠衣の腰を引き寄せ、秘部に顔を寄せた。瑠衣も兄のペニスの根元を断続的に握り込みながら、亀頭をくわえた。

百面鬼は見城に合図した。見城が上着のポケットからデジタルカメラを取り出し、ダブルベッドに近づいた。すぐに動画撮影が開始された。

百面鬼は後方に退《さ》がった。

3

デジタルカメラの動画が再生された。

百面鬼は目を凝《こ》らした。見城の自宅兼事務所である。保科兄妹を痛めつけた翌日の午後五時過ぎだ。

動画を観《み》終えたときだった。四十八、九歳の男が建売住宅らしい家屋《かおく》の玄関から出てきて、黒いマセラティに乗り込んだ。イタリア製の高級車である。

「こいつが『東都ファイナンス』の浦辺澄也社長だよ」

見城が近くで言った。

「堅気っぽいな」

「浦辺は四年前までメガバンクの本店融資部にいたんだが、不正融資をして解雇されたんだ」

「元銀行員か。不正融資したのは『東都ファイナンス』だったのか？」

「いや、そうじゃない。浦辺が不正融資したのは、名古屋の海洋土木会社《マリコン》だよ。その会社は、愛知県全域を縄張りにしてる協進会《きようしんかい》の企業舎弟《フロント》なんだ。ついでに言うと、浦辺は名古屋出身なんだよ」

「そんなことで、協進会の企業舎弟《フロント》に取り込まれて、不正融資を強《し》いられたわけか」

「そうなんだ。おそらく浦辺はセックス・スキャンダルの主役に仕立てられて、手を汚さざるを得なくなったんだろう」

「浦辺は勤めてたメガバンクから刑事告発されたのか？」

百面鬼は問いかけ、葉煙草《シガリロ》に火を点けた。

「いや、刑事告発はされていない。銀行は体面を気にしたんだろうね。それから、浦辺を告発したら、協進会に何か仕返しをされるかもしれないとも考えたんじゃないかな」

「そうなのかもしれねえ。『東都ファイナンス』の会社登記簿も閲覧《えつらん》してくれた？」

「抜かりはないよ。『東都ファイナンス』が設立されたのは八年前なんだが、最初の代表取締役は一木茂三郎《いちきもさぶろう》って石油商だった。その後、米田《よねだ》カネという貸ビル業者が経営権を譲り受けて、三年七カ月前に浦辺澄也が代表取締役に就任してる」

「『東都ファイナンス』の社員数は？」

「二百十三人だよ。本社ビルは中央区日本橋にある」

「自社ビルなのか？」

「そう。年商は百七、八十億円だね」

「元銀行マンの浦辺が個人で会社の経営権を手に入れられるわけない。浦辺はダミーの社長で、経営権を握ってるのは協進会の企業舎弟《フロント》なんだろう」

「おれも、そう考えてるんだ」

見城がそう言い、動画に目をやった。

浦辺が運転するマセラティは首都高速を走っていた。見城が映像を早送りする。浦辺の車が『東都ファイナンス』の本社ビルの地下駐車場に潜ったところで映像は途切れた。

「見城ちゃん、保科を使って浦辺に罠《わな》を仕掛けようや」

「若い女の死体が新たに手に入ったと浦辺に連絡させて、引き渡し場所に現われた『東都ファイナンス』の社長を締め上げるってシナリオだね？」

「当たり《ビンゴ》！　きのう、瑠衣の部屋を出るとき、保科の携帯のナンバーを登録しといたんだ。さっそく野郎に電話してみるよ」

百面鬼は喫いさしの葉煙草《シガリロ》の火を揉み消し、懐から私物の携帯電話を取り出した。見城がリビングソファに腰かける。

百面鬼は保科に電話をかけた。スリーコールで、電話は繋がった。

「そ、その声は!?」

「きのうは面白《おもしれ》えショーを観《み》せてもらったよ。礼を言うぜ。実の妹にしゃぶられても、男は勃起《ぼっき》しちまう。考えてみりゃ、哀しいことだよな」

「…………」

「妹のほうも敏感な突起を舐められたら、即、感じたみてえだったな。二人が感じ合ってたんだから、合体までさせるべきだったか」

「用件をおっしゃってください」

保科が硬質な声で言った。

「妹とのことは早く忘れてえってわけか。けど、おれの相棒が撮った動画がある限り、そっちはおれたちに逆らえない」

「SDカードを買い取れってことなんですかっ」

「おれたちはケチな恐喝《カツアゲ》なんかしないよ」

「それじゃ、あなたの目的は何なんです？」

「『東都ファイナンス』の浦辺に電話して、今夜、九体目の死体《ボディー》が手に入るって言え。それで、引き渡しの時刻と場所が決まったら、おれに電話をするんだ」

「浦辺さんを騙《だま》すんですね」

「そういうことだ。おれたちは、浦辺にいろいろ確かめたいことがあるんだよ」

「あなたたちにぼくが協力したこと、すぐにわかっちゃうじゃないですか。まだ『東都ファイナンス』から借用証を返してもらっていないんです。若い女の死体を十体集めたら、五千万の借金を帳消しにしてくれるという約束だったんだが……」

「借りた金をチャラにしてもらうことは、もう諦《あきら》めるんだな」

「そ、そんな！　妹まで巻き込んで、ようやく八体を集めたんです。あと二体渡せば、ぼくの借金は棒引きにしてもらえるんですよ。あと二体盗んでから、浦辺さんに罠を仕掛けてもらえませんか。そうじゃないと、これまでの苦労が水泡《すいほう》に帰《き》してしまいます」

「それまで待てないな。だいたいそっちに選択の余地なんかないんだ。きのうのこと、忘れたのか。どうなんでえ？」

「忘れたくたって、忘れられるわけないでしょう！」

「そうカッカすんなって。わかった、こうしようじゃねえか。そっちがおれたちに協力してくれたら、『東都ファイナンス』から借用証を奪ってやる」

「ほんとですか!?」

「浦辺はダミーの社長なんだろうが、奴も何か死体ビジネスに関与してることは間違いなさそうだ。その弱みをちらつかせりゃ、おとなしく保科浩和の借用証を出すだろう。出さなかったら、浦辺に手錠《ワッパ》打ってやらあ」

「そういうことでしたら、喜んで協力させてもらいます」

「現金な野郎だな。急に声が明るくなったじゃねえか」

「えへへ」

「すぐ浦辺に電話しろ」

百面鬼は言って、通話終了ボタンをタップした。と、見城が問いかけてきた。

「保科の借用証、本気で取り戻してやるつもり？」

「見城ちゃん、おれがそんな善人に見えるか」

「やっぱり、騙《だま》したのか」

「そう。保科はてめえの借金を棒引きにしてもらいたくて、妹の手を借りて博愛会総合病院から若死にした女の遺体を八体も盗み出したんだ。利己的な野郎に同情する気なんかないよ」

「そうだよね。死んだ八人の女性たちの遺族の気持ちを考えると、保科兄妹のやったことは赦《ゆる》せない。宗教観の異なる欧米人は身内の遺体の収容にはあまり拘《こだわ》らないようだが、日本人は家族の亡骸《なきがら》を手厚く葬ることで気持ちに区切りをつけてる」

「そうだな。死体泥棒や墓の盗掘は絶対にやっちゃいけねえよ。死者は文句も言えないし、逃げることもできない。法律や道徳なんか糞喰《くそく》らえと思ってるけど、死んだ人間にも尊厳《そんげん》がある。盗んだ死体で銭儲《ぜにもう》けをするなんて、とんでもない話だ」

「こっちも同感だよ」

見城が言葉に力を込めた。

「『東都ファイナンス』の真のオーナーが協進会の企業舎弟《フロント》だとしたら、元ドクターに内臓、血管、アキレス腱《けん》、骨なんかを切り取らせて、アメリカの人体パーツ販売会社に売ってるのかもしれねえな」

「欧米には人体のパーツを売ってる会社が数十社もあるそうだが、そういうとこに不正な手段で手に入れた内臓、血管、アキレス腱なんかを買い取ってもらうのは現実には不可能に近いんじゃない？」

「世の中にゃ、すべて裏表がある。もちろん、人間にもな。金に弱い人間は大勢いるじゃねえか。見城ちゃんにしても、このおれにしても銭は嫌いじゃない。そうだろ？」

「それは認めるよ。しかし、これまでに盗まれた死体は八つだ。仮に内臓が高く売れたとしても、血管やアキレス腱なんかは百万円にもならないと思うよ」

「だろうな。となると、八人のパーツを全部売ったとしても、総額ではたいしたことねえか」

「そうだろうね。浦辺の背後にいる奴は、別の目的で若い女の死体を集めさせたんじゃないのかな」

「どんな非合法ビジネスが考えられる？」

百面鬼は問いかけた。

「東大医学部の標本室には、総身彫《ぼ》りの刺青《いれずみ》の表皮がそっくり標本として保存されてるそうだ」

「その話は、おれも知ってるよ。それから、アメリカやヨーロッパには珍しい図柄の肌《はだ》絵《え》をそっくり剝《は》ぎ取って集めてるコレクターがいることもね」

「ある種の人間にとって、若い女の肌は宝石よりも価値が高いのかもしれないよ。ちょっと変態っぽいコレクターなら、若い女の死体から表皮を丁寧《ていねい》に剝いで、ランプシェードにしたいと考えたりするんじゃないか。現に第二次世界大戦のとき、ナチスの将校がガス室で死んだユダヤ人女性の背中の表皮を使ってランプシェードとポケットチーフを部下に作らせたという記録が残ってる」

見城が長々と喋《しゃべ》り、長い脚を組んだ。

「その話は知らなかったが、死体フェチなら、若い女のおっぱいや局部を切り取って、ホルマリン漬けにしたくなるかもしれねえな」

「百《どう》さん、だいぶ昔のことだが、オランダとロシアにそれをやった男たちがいるんだ」

「へえ。そいつらはホルマリン漬けにした女性器をにたにたしながら、夜ごと眺めてたんじゃねえの？」

「そうかもしれないね。女体に異常な興味を持ってる金持ちなら、一体数千万円でも買いそうだな」

「ああ、考えられるね。若い女の裸体は一種の芸術品だから、いくら眺めてても飽きない。内臓や血を抜いて、永久保存したいと思う奴もいるんじゃねえか」

「いるかもしれないな。日本では死体がテレビニュースでもろに映されることはないが、死生観の異なる外国では死体が堂々と新聞に載ってる。それどころか、タイ、ブラジル、コロンビアなんかには死体写真だけを掲載してる専門誌がある。死体カメラマンたちは殺人現場にできるだけ早く駆けつけて、生々しい惨殺体を撮ってるようだ」

「読者たちは飯喰いながら、頭部を撃ち砕かれたギャングの死体写真やナイフで局部を抉《えぐ》られた娼婦《しようふ》の惨《むご》たらしい姿を見てるのかね」

「いくらなんでも、食事中にはその種の写真は見ないと思うよ」

「けど、欧米には屍姦《しかん》ＤＶＤがけっこう出回ってるようだぜ。もう何年か前の話だが、ロス市警のお巡りが猟奇殺人をやった犯人宅から押収した屍姦ＤＶＤをこっそりコピーして、チャイニーズ・マフィアに売ってたんだ」

「その犯人は自分が殺した女の死体とファックしてるところを自《みずか》らビデオカメラで撮影してたのか」

「そうなんだ。しかも、女の首と両腕を切断してから結合したというんだから、かなり残酷な映像だったんだろう」

百面鬼は言って、顔をしかめた。

「チャイニーズ・マフィアが複製ＤＶＤを現職警官から買い取ったのは、それだけ屍姦

DVDを観たがる奴が多いってことだよね？」

「そうなんだろうな。チャイニーズ・マフィアはそのDVDを何千、いや、何万枚も複製したんじゃねえのか」

「多分ね。しかし、日本では屍姦DVDを観たがる奴はそう多くないと思う。死体に対する畏怖《いふ》の念が強いから、穢《けが》したりしたら、いつか罰《ばち》が当たると思ってるんだろう」

「人肉を喰う目的で、若い女の死体を買う奴がいるとも考えにくいか」

「それはないと思う。戦時中、南方で飢えに耐えられなくなった日本軍の兵士が死んだ戦友の肉を切り取って喰ったたって話は事実だろうが、カニバリズムは禁忌《タブー》中の禁忌だからね」

「そうだな。かなり昔、フランスに留学してた日本人男性が留学生仲間の白人女性を殺して、バラバラに切断した肉片をソテーにして喰っちまった事件があったが、あれは特殊なケースだろう」

「と思うよ。となると、盗み出された若い女の遺体は外国の死体ビジネス産業か、変態気味のスキン・コレクターに売られてたんだろうな」

「おおかた、そうなんだろう」

「浦辺のバックにいる奴がはっきりすれば、盗んだ死体をどうしたかもはっきりするんじゃないか」

見城がそう言い、ロングピースをくわえた。

十数秒後、保科から電話がかかってきた。

「浦辺さんに罠を仕掛けました」

「落ち合う場所と時間は？」

「いつもは青山霊園の近くで遺体の受け渡しをしてたんですが、きょうは午後八時に新宿御苑《ぎょえん》の大木戸門《おおきどもん》の前で落ち合うことになりました」

「そっちは、いつも決まった車で死体を運んでたのか？」

「車種は毎回変えてましたが、必ずレンタカーを使うようにしてました」

「そうか。それじゃ、きょうはエスティマを借りろ。車体の色は何色でもかまわない」

「わかりました」

「それからな、どこかでマネキン人形を調達しろ」

「マネキン人形を手に入れられなかった場合は、どうしましょう？」

「そんときは羽毛蒲団《うもうぶとん》か何か丸めて、毛布でくるんで車の中に入れとけ」

「若い女の死体に見せかけるんですね」

「わかりきったことをいちいち確かめるなっ」

百面鬼は苛《いら》ついて、思わず声を荒らげた。

「あっ、すみません。愚問でした」

「そりゃそうと、そっちが運転していたレンタカーを浦辺自身が転がして、死体をどこかに運び去ってたのか？」

「いいえ、そうではありません。いつも浦辺さんは白いセレナに乗ってきて、遺体はその車に移したんです」

保科が答えた。

「浦辺は、いつもひとりで死体の引き取りに現われたのか？」

「ええ、そうです。それで、浦辺社長とぼくが二人がかりで遺体をレンタカーからセレナに移し替えてたんですよ」

「そうか。やくざっぽい男たちが浦辺をガードしてたなんてことは？」

「一度もありませんでした」

「『東都ファイナンス』の本社には何度も行ってるよな？」

「ええ」

「そのとき、名古屋弁の男が社内にいたことは？　多分、そいつは協進会の企業舎弟《フロント》のトップなんだろう。どう考えたって、浦辺はダミーの代表取締役だろうが？」

「ええ、おそらく表向きの社長なんでしょうね。『東都ファイナンス』の経営権を握ってるのは、協進会の息のかかった経済やくざなんでしょうか？」

「多分な」

「刑事さん、ぼくの借用証、必ず手に入れてくださいね」

「わかってらあ。そっちは大木戸門の前に浦辺のセレナが来たら、レンタカーからさりげなく降りろ。それから、一目散《いちもくさん》に逃げるんだ。後は、おれたち二人に任せろ。いいな？」

「わかりました。くどいようですけど、借用証の件、よろしくお願いしますね」

「借用証を手に入れたら、連絡すらあ」

百面鬼は電話を切り、口の端を歪《ゆが》めた。

4

腕時計を見る。

午後八時六分前だった。百面鬼は暗がりに身を潜《ひそ》め、新宿御苑の大木戸門に視線を向けていた。

大木戸門のすぐそばに、灰色のエスティマが停まっている。レンタカーだ。運転席には保科が坐っていた。

突然、懐で私物の携帯電話が震動した。裏通りに覆面パトカーを停めたとき、マナーモードに切り替えておいたのだ。

百面鬼は携帯電話を耳に当てた。

「ぼくです」

保科だった。

「なんでえ？」

「厭《いや》な予感がするんですよ。もしかしたら、浦辺社長は罠に気づいたんじゃないだろうか」

「なぜ、そう思ったんだ？」

「これまでは遺体をかっぱらう日の午前中に浦辺さんに連絡してたんですよ。でも、きょうは夕方に電話をしましたよね？」

「そうだな。電話で引き渡しの場所を決めるとき、浦辺の様子はどうだった？」

「ふだんと変わらない様子でしたが……」

「だったら、罠を張られたとは思っちゃいねえだろう」

「そうだといいんですけどね」

「おい、びくつくな。そっちの様子がいつもと違ってたら、浦辺が怪しむじゃないか」

「そうでしょうね」

「二、三回、深呼吸しな。そうすりゃ、少しは気持ちが落ち着くだろうよ」

「はい、やってみます」

「マネキンは手に入ったのか？」

「ええ。八方《はっぽう》手を尽くして、マネキンを造ってる会社からサンプル用の若い女のマネキンを借りてきました」

「そうかい。そのマネキンを毛布ですっぽりくるんであるな」

「はい」

「それじゃ、そっちは浦辺が車から降りたら、すぐ逃げ出せ。いいな？」

「わかりました」

「深呼吸、深呼吸！」

百面鬼は言って、通話を切り上げた。数秒後、ふたたび携帯電話が震動した。

ディスプレイには、見城の名が表示されていた。強請《ゆすり》の相棒は、大木戸門の向こう側にいる。

「百《どう》さん、いま白いセレナが目の前を通過した。ステアリングを操《あやつ》ってたのは浦辺だったよ」

「車内に別の人影は？」

「いや、浦辺だけだったな」

「そうか。なら、段取り通りに保科が逃《フ》げ《ケ》たら、すぐ浦辺を押さえよう」

百面鬼は先に電話を切った。

そのとき、視界に白いセレナが入った。浦辺の車はレンタカーの真後ろに停止した。すぐにヘッドライトが消される。エンジンも切られた。

浦辺が車を降りた。次の瞬間、灰色のエスティマから保科が姿を見せた。

「ご苦労さん！　例の物を早いところセレナに移そう」

浦辺が保科に声をかけた。

保科は無言のまま、勢いよく走りだした。浦辺が大声で呼びとめた。間もなく保科の後ろ姿は闇に紛《まぎ》れた。

浦辺が首を傾《かし》げながら、レンタカーの中を覗《のぞ》き込んだ。

百面鬼は暗がりから飛び出した。浦辺の腰を蹴る。浦辺がエスティマのスライドドアに顔面をぶつけ、短く呻いた。

百面鬼は浦辺に足払いを掛けた。

浦辺が横倒しに転がって、長く唸った。どうやら右肘《みぎひじ》を強く打ったらしい。

百面鬼がレンタカーのスライドドアを開け、毛布を剝《は》がした。マネキンの一部が見えた。

「残念ながら、今夜は若い女の死体じゃねえぜ」

百面鬼は浦辺を摑み起こし、グロック17の銃口を脇腹に突きつけた。

「拳銃を持ってるのか!?」

「ああ。大声出したら、九ミリ弾を腹にぶち込むぞ」

「な、何者なんだ？」

「自己紹介は省《はぶ》かせてもらうぜ」

百面鬼は、浦辺の左腕をいっぱいに捩《ねじ》上げた。浦辺が痛みを訴えながら、体を傾けた。

見城が駆け寄ってきて、すぐに目隠しになった。

百面鬼は浦辺をエスティマとセレナの間に連れ込み、力まかせに押し飛ばした。浦辺は新宿御苑のコンクリート塀に頭をぶつけ、路面にうずくまった。

百面鬼は片膝を落とし、浦辺の後頭部に銃口を押し当てた。

「『東都ファイナンス』の真の経営者は誰なんでえ？」

「何を言ってるんだ!?　代表取締役は、このわたしだよ」

「てめえがダミーの社長だってことはわかってる。死にたくなかったら、口を割るんだな」

「そんなことを言われたって、わたしが社長なんだ。会社の登記簿を見てくれ」

「登記簿では、確かに代表取締役は浦辺澄也になってた。しかし、てめえは表向きの社長に過ぎねえ。年商百数十億円の会社の社長が小住宅に住んで、マセラティでご出勤かい？　アンバランスだな」

「わたしは会社を大きくすることが生き甲斐《がい》なんだよ。だから、自宅に金をかける気はないんだ」

「もっともらしい言い訳だが、そんなのは通用しないぜ。てめえはメガバンクの本店融資部にいたころ、協進会の企業舎弟《フロント》に不正融資をした。それで、職場にいられなくなった。そこまで調べはついてんだよ」

「いったい何者なんだ!?」

「さっき自己紹介はできないと言っただろうが！　『東都ファイナンス』の実質的なオーナーは、協進会の企業舎弟《フロント》だな！」

「それは違う。協進会は関係ないよ。銀行員時代に協進会に不正融資を強要されたことは認めるが、連中とは一切《いっさい》つき合ってない。奴らはわたしに女を宛《あて》がって、不正融資を迫ったんだよ。おかげで、わたしの人生は狂ってしまった。憎しみしか感じてない協進会に協力するわけないじゃないかっ」

浦辺が興奮気味に言い募《つの》った。

「ダミー社長であることは認めるな？」

「そ、それは……」

「どうなんだっ」

「認めるよ」

「オーナーは誰なんだ？」

「それは言えない」

「だったら、ここで死んでもらおう。念仏《ねんぶつ》でも唱《とな》えな」

百面鬼は引き金に人差し指を深く巻きつけた。

「撃たないでくれ。殺さないでくれーっ」

「オーナーの名は？」

「十年ほど前までアクション俳優として映画やテレビドラマに出演してた速水智樹《はやみともき》を知ってるだろう？」

「知ってるよ。速水は、そこそこ売れてたからな。劇場映画でボクサー崩れの用心棒役を演じたのが最後で、いつの間にか芸能界から消えた。あの速水智樹が『東都ファイナンス』の真の経営者だって言うのか？」

「そうだよ」

「苦し紛《まぎ》れの嘘なんだろうが、リアリティーがないな。元俳優がオーナーだって？　ふざけんじゃねえ」

「嘘じゃない、嘘じゃないんだよ。速水は著名な映画監督の奥さんと駆け落ちしたことがあるんだ。結局、奥さんは夫の許《もと》に戻ったので、速水は芸能界から追放されてしまったんだよ」

「妙に精《くわ》しいじゃねえか」

「速水はわたしと同県人なんだよ。速水は役者生命を絶たれたので、Vシネマの制作を手がける気になったんだ。それで、わたしが勤めてた銀行にやってきて、事業資金を融資してほしいと頭を下げた。しかし、なんの実績も担保もない客に融資はできない。断ると、速水はひどく落胆した様子だった。同県人として何かほうっておけない気持ちになって、わたしは速水を居酒屋に誘ったんだ」

「それがきっかけで、速水の相談に乗ってやるようになったのか？」

「そうなんだ。速水はVシネマの制作を諦《あきら》めて、出張ホストになったんだよ。元俳優だから、女性起業家や金持ちの奥さんたちといった上客に恵まれて、年に数千万円も稼ぐようになった。税務署に申告しなくてもいい所得だから、収入は丸々遣《つか》えるわけだよ」

「速水はせっせと貯蓄に励み、何か商売をはじめたんだな?」

「そう。速水はバーチャル性感エステの経営に乗り出したんだが、それが大当たりしたんだ。もともと商才があったんだろうね。彼は次々に各種の風俗店をオープンさせ、どこも大繁昌《はんじよう》させたんだよ。それで、『東都ファイナンス』の経営権を手に入れたんだ」

浦辺が言った。

「風俗店の経営で富を掴んだ男が、なぜダミーを使う必要があるんだ? 速水自身が『東都ファイナンス』の代表取締役に収まってもいいだろうが?」

「速水は裏社会の連中に目をつけられたくないと思ってるんだ。各種の風俗店のみかじめ料が年間で一千万を超えてるらしいんだよ。金融会社の経営権を握ったことを暴力団関係者に知られたら、そっちでも甘い汁を吸われることになると警戒したんだろう。だから、勤め先にいられなくなった同県人のわたしにダミーの社長になってほしいと……」

「条件は？」

「表向きの社長になってくれたら、年収二千五百万は保証すると言われたので、わたしはダミー社長になったんだ」

「てめえは保科に若い女の死体を十体集めれば、奴の借金五千万を棒引きにしてやると言ったな。速水とつるんで、どんな死体ビジネスをやってるんだっ」

百面鬼は銃口で浦辺の頭を小突いた。

「わたしは速水に頼まれたことをやっただけで、彼が若い女性の死体で何をしてるのか、まったく知らない」

「往生際が悪いな。どっちかの腕を撃ってやろう」

「やめろ、やめてくれ。わたしは保科が調達してくれた八つの遺体を速水のセカンドハウスに運んだだけだ。その後、死体がどう利用されてるかは知らないんだよ」

「速水のセカンドハウスは、どこにあるんだ？」

「別荘は清川村《きよかわ》にある」

「清川村？」

「そう。神奈川県下の村で、丹沢山《たんざわさん》の山裾《やますそ》のあたりにあるんだ。別荘地じゃないんだが、景色がいい所だよ。速水のセカンドハウスはかなり大きい」

「速水の自宅はどこにある？」

「代官山《だいかんやま》だよ。自宅も豪邸だね」

「速水の本名は？」

「芸名みたいだが、速水智樹は本名なんだ。もう何もかも吐いたんだから、わたしを解放してくれないか」

浦辺が言った。

「そうはいかない」

「わたしをどこか人目のない場所で撃つ気なのか!?」

「雑魚《ざこ》を殺《や》っても仕方ない。てめえには、清川村の速水のセカンドハウスにマネキン人形を運んでもらう」

「新しい死体《ボディー》が手に入ったと嘘をついて、速水を清川村に誘《おび》き出すんだな？」

「その通りだ。速水の携帯を鳴らして、これから飛び切りの美女の遺体を奴のセカンドハウスに運び込むと言え！」

「別荘までの道順を教えるから、あんたたち二人で清川村に行ってくれよ」

「いいから、早く速水に電話しろ！」

百面鬼は靴の先で浦辺の腰を思うさま蹴った。浦辺が長く唸《うな》った。

「言われた通りにしないと、気絶するまで蹴りまくるぞ」

百面鬼は威《おど》した。浦辺が短く迷った末、上着の内ポケットから携帯電話を摑み出した。震える指で、アイコンに触れる。

すぐ電話が繫がった。

「わたしだよ。事前に報告できなかったんだが、たったいま九体目の死体《ボディー》を保科から受け取ったんだ」

「……………」

「事前に連絡できない事情があったんだよ」

「……………」

「いや、警察の検問に引っかかったわけじゃない。その点は安心してくれ。え？　いまは新宿御苑の近くにいる」

「……………」

「忙しいのは、よくわかるよ。しかし、わたしが明日まで遺体を預かるわけにはいかない。ドライアイスを大量に買ったら、怪しまれるだろうからな」

「……………」

「そうだよ。今夜中に、死体《ボディー》はきみに直《じか》に渡したいんだ。早く別荘の大型冷凍庫に入れないと、この季節だから、傷《いた》んじゃうぞ」

「…………」

「無理を言って悪いな。じゃ、十一時までに必ずセカンドハウスに来てくれないか」

浦辺が電話を切った。

「速水は別荘に来るんだな？」

「ああ、十一時までには行くと言ってたよ」

「それじゃマネキン人形を毛布ですっぽりと包み込んで、そっちのセレナに積み替えてくれ。それから、速水の別荘まで車を運転してもらう。おれはセレナの助手席に坐る」

百面鬼は拳銃をベルトの下に差し込み、浦辺を摑み起こした。浦辺がレンタカーの中からマネキン人形を取り出し、セレナの後部座席に寝かせた。

「そっちは、この車に従《つ》いてきてくれねえか」

百面鬼は見城に耳打ちした。

見城が黙ってうなずき、裏通りに走り入った。BMWは裏通りの暗がりに駐《と》めてあった。百面鬼は先にセレナの助手席に腰かけ、グロック17をちらつかせた。浦辺が絶望的な顔で運転席に入る。

「盗み出した若い女の死体のことで、新宿のやくざに脅されたことがあるんじゃねえのか？」

「わたしが？」

「そうだ。共友会小松組の小松組長と代貸の中谷って男が接触してきて、まとまった口止め料を要求したんじゃないのか？」

「そんな男たちは知らない。その二人は速水の秘密を知って、彼を脅迫してたんじゃないのかな」

「何か根拠でもあるのか？」

百面鬼は矢継《やつ》ぎ早に訊いた。

「速水は、死体《ボディー》の引き渡しの際には周りに人の目がないことを神経質に確かめてくれと言ってきたんだ。それから、セカンドハウスに近寄るときにもね。だから、速水は誰かに強請《ゆす》られてるのかもしれないと思ったんだよ」

「なるほど。小松と中谷は相次いで殺されたんだ。速水が殺し屋《プロ》を雇って、二人を葬らせたのかもしれねえな」

「さあ、どうなんだろう？」

浦辺が曖昧《あいまい》に言って、セレナを発進させた。百面鬼は銃口を浦辺の腹部に向けた。

少し走ると、見城のＢＭＷが従《つ》いてきた。

セレナは東名高速道路の東京料金所に向かった。ハイウェイに入ると、百面鬼は浦辺にスピードを上げさせた。横浜町田IC《インターチエンジ》まで流れはスムーズだった。

だが、厚木ICの少し手前で玉突き事故があって、渋滞に巻き込まれてしまった。苛々《いらいら》しながら、ようやく厚木ICを通過する。

ふたたび百面鬼は、浦辺に加速させた。

秦野中井《はだのなかい》ICを降りたのは十時数分前だった。セレナは丹沢大山国定《おおやまこくてい》公園方向にひたすら進み、中津川《なかつがわ》に沿って直進しつづけた。

「目的地まで五、六キロだよ。途中で渋滞に引っかかったんで少し気を揉んだけど、十時半過ぎには速水のセカンドハウスに着くだろう」

浦辺が安堵《あんど》した表情で言った。

「別荘には誰か留守番がいるのか？」

「いや、ふだんは誰もいない」

「そうか。これまで八回、そっちは死体を別荘に搬送《はんそう》したわけだが、そのたびに大型冷凍庫まで運んでたのか？」

「いつも死体はセカンドハウスの車寄せで速水に引き渡してたんだ。彼が肩に遺体を担《かつ》いで、自分で大型冷凍庫に運んでたんだよ」

ている。どの窓も暗かった。

　それから間もなく、セレナは右折した。未舗装の林道を二百メートルほど行くと、急に視界が展《ひら》けた。広い敷地の奥まった場所に、二階建てのペンション風の家屋が建っている。どの窓も暗かった。

　浦辺がセレナを車寄せに停めた。やや遅れて、見城の車が後方で停止する。

　百面鬼は先に車を降り、セレナの運転席から浦辺を引きずり出した。そのとき、BMWから見城が降りた。

「こいつを見張っててくれねえか。おれは、ちょっと別荘の中を見てくる」

　百面鬼は浦辺の背を押し、見城にグロック17を差し出した。

「飛び道具なんかなくても、囮《おとり》を逃がすようなヘマはやらない」

「別にそっちを軽く見たわけじゃないんだ。気を悪くしたんだったら、謝るよ」

「別に気にしてないって」

　見城が屈託《くったく》なく言い、浦辺の片腕をむんずと掴んだ。

　百面鬼はアプローチを進み、ポーチに向かった。別荘の周囲は、うっそうとした自然林だった。少し風があった。葉擦《はず》れの音が潮騒《しおさい》のように響いてくる。

百面鬼はピッキング道具を使って、玄関ドアの内錠を外した。ライターの炎で足許《あしもと》を照らしながら、広い玄関ホールに土足で上がる。

電気のブレーカーは落とされているかもしれない。

百面鬼はそう思いながら、照明のスイッチを入れた。次々に電灯を点け、素早く階下の各室を覗く。

四十畳ほどのスペースの大広間《サロン》のほかに三つの洋室、ダイニングキッチン、浴室などがあった。十五畳ほどのキッチンには、業務用の大型冷凍庫が据《す》え置かれている。

百面鬼は大型冷凍庫に歩み寄り、大きな扉を開けた。電源は入っていたが、中は空っぽだった。百面鬼は庫内を仔細《しさい》に観察した。長大なスライドプレートには、長い髪が何本もへばりついていた。肉片や血痕《けっこん》は目に留《と》まらなかった。

若い女性たちの死体をここで冷凍保存して、別の場所で内臓や血管を抜き取っていたのではないか。

百面鬼はいったん玄関ホールまで戻り、二階に駆け上がった。五つの寝室、書斎、ビリヤードルーム、浴室、トイレがあった。どこにも人体のパーツや頭髪はなかった。

百面鬼は階段をゆっくりと下りはじめた。ステップを半分ほど踏んだとき、外で乾いた銃声がした。浦辺の短い悲鳴も耳に届いた。

速水が刺客《しかく》を放ったにちがいない。

百面鬼はグロック17をベルトの下から引き抜き、一気に階段を駆け降りた。そのままポーチに走り出る。

白いセレナの近くに、浦辺が仰向けに倒れている。微動だにしない。暗くて銃創《じゅうそう》までは見えなかったが、頭部か心臓部を撃たれたのだろう。

見城が身を低くして、自然林を透《す》かし見ている。狙撃者《そげきしゃ》は林の中に潜《ひそ》んでいるようだ。

百面鬼は手早くスライドを滑らせ、初弾を薬室《チャンバー》に送り込んだ。そのとき、闇の奥で銃口炎《マズル・フラッシュ》が瞬《またた》いた。

狙われたのは見城だった。見城が肩から転がる。放たれた銃弾は、見城のすぐ横の土塊《つちくれ》を撥《は》ね飛ばした。

「車の後ろに回り込むんだ」

百面鬼は見城に言って、すかさず撃ち返した。弾が樹幹《じゅかん》にめり込む音がした。

もっと敵に近づく気になった。百面鬼は中腰でポーチの短い階段を駆け降り、刺客のいる自然林に向かって走りだした。

いくらも進まないうちに、林の中から銃弾が飛んできた。百面鬼は横に跳んだ。弾は頭上すれすれのところを疾駆《しっく》していった。

射撃の腕は悪くなさそうだ。

百面鬼は寝撃《プローン・ポジション》ちの姿勢をとり、たてつづけに二発撃ち返した。反動《キック》で右腕が上下する。

林の奥で、女の短い声がした。なんと刺客は女らしい。男装しているのだろう。

百面鬼は起き上がり、さらに林に接近した。

すると、敵が三発連射してきた。どうやら被弾したわけではないようだ。百面鬼の見舞った九ミリ弾が女殺し屋の体のどこかを掠《かす》めそうになったのではないか。

放たれた三発は辛《かろ》うじて躱《かわ》すことができた。

百面鬼はジグザグに走りながら、林の中に走り入った。巨木に身を寄せ、樹間を凝視する。動く人影はない。百面鬼は用心しながら、病葉《わくらば》の折り重なった地面に耳を近づけた。

かすかな足音が聞こえる。その音は次第に小さくなっていく。追っても、もう間に合わないだろう。百面鬼は自然林を抜け出し、別荘の車寄せに戻った。

「浦辺はもう死んでる」

見城が告げた。

「速水が本能的に危機が迫ったことを察知《さっち》して、女殺し屋を放ったんだろう」

「百《どう》さん、女殺し屋の姿を見た？」

「姿は見てないけど、声ははっきり聞こえたよ。声から察すると、三十歳前後だろうな。速水はここには来ねえと思うよ。見城ちゃんのＢＭＷで、ひとまず東京に戻ろうや」

百面鬼は拳銃をベルトの下に差し込み、目顔《めがお》で相棒を促《うなが》した。

第五章　悪党カーニバル

1

人の姿は見当たらない。

百面鬼は速水邸に近づいた。清川村で浦辺が女殺し屋に射殺されたのは四日前だ。その次の日、百面鬼は伊集院七海に速水邸の電話保安器にヒューズ型盗聴器を仕掛けてもらった。

七海は、自動録音装置付き受信機をガレージの横の植え込みの中に隠してきたと言っていた。速水の自宅の通話内容は、すべてそれに録音されているだろう。

百面鬼は速水邸のガレージの前で立ち止まった。

車庫には、アルファロメオの赤いスポーツカーが納まっているだけだ。速水の妻の愛車だろう。七海の話によると、速水は黒いベントレーで自分の風俗店を小まめに回っているらしい。

百面鬼はガレージの横の花壇の前で足を止めた。道路に直に面した花壇には、満天星《どうだんつつじ》が植わっている。百面鬼は根方《ねかた》の奥に腕を伸ばし、手探りした。すぐに指先に四角い物が触れた。自動録音装置付き受信機を手早く回収し、隣家の生垣の際に駐《と》めてある覆面パトカーに戻った。

午後三時過ぎだった。

空は灰色にくすんでいる。稲妻を伴った大雨が降って、そろそろ梅雨が明けるのだろうか。九州地方は、きのう梅雨が明けた。

百面鬼はクラウンのドアを閉めると、録音音声を再生させた。

すぐに女性同士の会話が流れてきた。速水の妻の知香《ちか》が、モデル時代のスタイリストと最新のミラノファッションについて長々と喋っている。

百面鬼は音声を早送りした。二本目の電話は男同士の会話だった。片方は速水だ。

――わざわざ固定電話にかけ直してもらって申し訳ない。携帯は盗聴されやすいから、ちょっと警戒しないとね。

――そうだな。話のつづきだが、博愛会総合病院からは、もう商品が入らないってどういうことなんだ？

――保科兄妹がどうも警察にマークされてるみたいなんだよ。調査員に兄妹の周辺を探らせてたんだが、やくざみたいな刑事が保科瑠衣のマンションに押し入って、兄の保科浩和を誘《おび》き寄せたらしいんだ。

――それは、どういうことなのか。

――おそらくスキンヘッドの刑事は、保科兄妹が博愛会総合病院から例の商品を調達したことを嗅ぎ当てたんだろう。

――なんでバレてしまったんだ!?

――そうオタつかないでよ。椎橋《しいばし》さんも昔は気弱な助監督だったけど、いまはいっぱしの悪党《ワル》になったんだから。

――映画屋で喰えなくなったから、仕方なくダーティー・ビジネスをやってるんだ。いまだって、根はロマンチストの映画青年、いや、映画中年か。おれも四十三歳になったからな。

――間違いなく中年だね。ところで、三日前の朝、丹沢の山中で浦辺の射殺体が発見されたことは知ってるでしょ？

――ああ。新聞で知って、びっくりしたよ。もしかしたら、速水ちゃんが『東都ファイナンス』のダミー社長を始末させたの？

——実は、そうなんだ。例の女殺し屋に浦辺をシュートさせたんだよ。

——なんだって、そんなことをしたんだ？

——四日前の夜、浦辺がおれに電話してきて、保科兄妹が新しい商品を入手したから引き渡したいと言ってきた。浦辺は罠《わな》の気配をまったく感じなかったみたいだが、おれは厭《いや》な予感がしたんだ。

——やくざっぽい刑事が何か企んでると直感したんだな。

——そう。だから、女殺し屋に連絡して、清川村のセカンドハウスに行かせたんだよ。案《あん》の定《じよう》、浦辺はスキンヘッドの刑事の罠に嵌《は》まってた。

——それで、浦辺を始末させたわけか。

——そうなんだ。刑事は正体不明の男と一緒だったらしい。女殺し屋は、その二人もシュートするつもりだったらしいんだが、目的は果たせなかったんだよ。

——そうだったのか。そういうことなら、商品の仕入れ先を新たに確保しないとな。

——椎橋さんは病院乗っ取り屋なんだから、経営不振の総合病院を幾つも知ってるはずだ。給料の遅配をしてる病院があったら、ドクターや看護師を金で抱き込んで、若い女の死体《ボディー》を確保してほしいな。

——そういう方法が最も手っ取り早いが、おれが動くのはまずい。スポンサーに迷惑かけたくないんだよ。それに速水ちゃんと組んで、こっそり内職してることもスポンサーに知られたくないしな。

——それじゃ、葬儀社を抱き込むか。

——いや、それはよそう。搬送中の遺体が何体も消えたら、その葬儀社は怪しまれることになるじゃないか。

——そうか。いっそ椎橋さんのスポンサーのところから、商品を調達する？

——ばかなことを言うなよ。おれは、あの先生がいたから、潰《つぶ》れそうな病院を次々に買収できたんだ。

——椎橋さん、よく考えてみなよ。買収した病院をスポンサーが確実に買い取ってくれると単純に喜んでてもいいのかな。椎橋さんは、汚れ役を演じさせられてるんだよ。スポンサーの先生は悪知恵が働く。自分は強引な手段で病院を乗っ取ったことはないと善人面《ぜんにんづら》して、裏ではダミーの椎橋さんに経営の苦しい総合病院を次々に買収させてるんだから。

——おれは先生に資金を提供してもらって、転売時には一千万単位の利鞘《りざや》を稼がせてもらってるんだ。

――だから、感謝してる？

――うん、まあ。

――椎橋さんは、やっぱり世間識《し》らずだな。買収のとき、いろいろ手を汚してるんだから、一、二千万の利鞘を稼がせてもらうのは当然だよ。しかし、その程度じゃ不満だから、椎橋さんはおれと裏ビジネスをやる気になったわけでしょ？

――そうなんだがな。おれは死ぬまでに制作費十億の映画をプロデュースしたいんだよ。できれば、監督も脚本も手がけたいね。

――そういう夢があるんだから、もっと内職に励まなきゃ。

――おれも、そう思ってるよ。けど、先生のところから商品を入手するわけにはいかない。

――わかった。それじゃ、別のルートから死体を仕入れよう。

――そうしてくれないか。それはそうと、ネットの裏サイトをいったん閉めよう。海外からのアクセス件数が四万を超えたから、ちょっと警戒しないとな。

――弱気だね。あの種のＤＶＤは日本人にはあまり評判がよくなかったけど、外国人には大人気だったじゃないの。もっと大量にＤＶＤをダビングしようよ。絶対に儲《もう》かるって。

——速水ちゃん、警視庁は専門チームを組んでネット犯罪に目を光らせてる。商品の入荷がストップしたんだから、しばらくおとなしくしてたほうがいいと思うよ。

——椎橋さんは欲がないね。というよりも、臆病《おくびょう》なんだろうな。もう手は汚れてるんだから、もっと大胆になればいいのに。

——おれは根っからの悪党じゃないからな。

——それにしても、腰が引けてるよ。新しい商品が入るようになったら、また金持ち連中を集めて、例の実演ショーをやったり、スペシャル・メニューを喰わせよう。それで、彼らの弱みを材料《ネタ》にして……。

——なるべく早く商品の仕入れを急ぐことにするよ。

——よろしくね。

——速水ちゃん、浦辺の射殺体を別荘から丹沢山に移すとき、ヘマはやってないよな？

——おれ自身が浦辺の遺体を山の中に棄《す》ててきたんだから、警察にマークされる心配はないって。

——そうか。なら、びくびくすることはないか。

——大丈夫だって。それより、スポンサーに内職のことを覚《さと》られないようにしたほうがいいね。

——わかってるよ。それじゃ、また!

通話が途絶《とだ》えた。

百面鬼は録音音声に耳を傾けつづけた。三本目の電話には、速水の妻の声が吹き込まれていた。美容院の予約電話だった。

四本目の電話は速水自身が取っている。しかし、それは間違い電話だった。

百面鬼は再生を停止し、葉煙草《シガリロ》に火を点けた。

速水と椎橋という男の遣《や》り取《と》りから察すると、どうやら二人は屍姦DVDを制作し、インターネットの裏サイトを利用して海外にコピーしたDVDを大量に流しているようだ。

それだけではなく、リッチな男たちに屍姦の実演ショーを観《み》せたり、カニバリストたちには人肉を喰わせているらしい。さらに速水たちは、金満家たちのそうした弱みを強請《ゆすり》の材料にしていると思われる。

元助監督の椎橋は大病院を経営しているスポンサーのため、赤字の総合病院を次々に買収して、転売時に利鞘を稼いでいるようだ。しかし、それだけでは大きな夢は叶《かな》えられない。で、速水と共謀して、スポンサーに内緒で裏仕事をやりはじめたのだろう。

百面鬼はくわえ煙草で車を降り、自動録音装置付き受信機を満天星の陰に隠した。

速水の妻を人質に取って、夫を外出先から呼び戻すつもりだ。

百面鬼は葉煙草を足許に落とし、火を踏み消した。

速水邸の門の前に立ったとき、横合いから誰かに声をかけられた。振り向くと、毎朝日報の唐津がすぐそばにいた。

「速水に逮捕状が出たのか」

「逮捕状!?」

「あれっ、そうじゃなかったようだな」

「唐津の旦那、どういうことなんだ？」

「おとぼけだな。そうやって、おれから何か探り出そうとしてるんだろうが、その手にゃ引っかからないぞ」

「なんの話かさっぱりわからないな。おれは速水が家出少女たちを自分の風俗店で働かせてるって密告《タレコミ》があったんで、その内偵でちょっとね」

百面鬼は言い繕《つくろ》った。

「そういう嘘が、よくとっさに出てくるな。警察が屍姦ＤＶＤのことを知らないわけがない」

「屍姦DVDだって!?」

「またまたおとぼけか」

「元俳優の速水が屍姦DVDを密売してんの？」

「知ってるくせに」

「速水はインターネットを使って、屍姦DVDを売ってたのか」

「あれっ、本当に知らないみたいだな。先月、速水は新宿と池袋のアダルトDVD店に屍姦DVDのサンプルを持ち込んで、大量に卸すとセールスしたらしいんだよ。しかし、映ってる若い女の死体は四谷の博愛会総合病院の死体安置所から盗まれたものではないかと疑って、あるアダルトDVD店の店長が警視庁に駆け込んだんだ」

「それは、いつのことなんだい？」

「十日ぐらい前の話だよ。で、四谷署が速水をマークしてるんだ。速水が八体の死体を盗んで、屍姦DVDを撮ったんじゃないかと疑いはじめてるんだよ」

「風俗界の旋風児《せんぷうじ》と呼ばれてる速水は、そんなことまでやってたのか。十四、五の家出少女をデリヘル嬢にしてるだけじゃなかったんだ。新聞記者《ブンヤ》さんに情報を貰うようになっちゃ、おれも終わりだな。親父の寺を継いだほうがいいのかもしれない」

「その気もないくせに」

唐津が妙な笑い方をした。

「四谷署が速水を逮捕《パク》るのは時間の問題だろう。その前に速水の野郎を児童福祉法違反で引っ張ってやるか。四谷署に先を越されたら、マンモス署の面目丸潰《まるつぶ》れだからね」

「何を隠そうとしてるんだ？　それとも悪党刑事が心を入れ替えて、真面目に点数稼ぐ気になったのか。え？」

「唐津の旦那、そういう皮肉っぽい笑い方はやめてくれよ。おれだって、人の子だぜ。少しは親孝行してえじゃないの。おれ、一度も表彰状も金一封も貰《もら》ったことないんだ。一遍《いっぺん》ぐらいは点数稼いで、おれが社会の治安を護《まも》ってるところを年老いた両親に見せたいんだよ」

「似合わないことを言ってないで、おたくも手の内を見せてくれ。おたくは別の線から、速水が一連の死体消失事件に深く関与してることを突きとめたんだろう？」

「旦那、考え過ぎだって。おれ、署に戻って逮捕状を請求しねえと。四谷署にいい思いさせるのはなんか癪《しゃく》だからね。それじゃ、また！」

百面鬼は片手を挙げ、覆面パトカーに走り寄った。猿楽町《さるがくちょう》の邸宅街を走り抜け、見城の自宅兼オフィスに向かう。

十分足らずで、『渋谷レジデンス』に着いた。

百面鬼はクラウンを賃貸マンションの横に駐《と》め、八〇五号室に急いだ。勝手に部屋に入ると、見城は六十年配の男と居間兼事務フロアで何か話し込んでいた。

百面鬼は来客に会釈《えしゃく》し、勝手に寝室に入った。

七、八分経ったころ、六十絡《がら》みの男は辞去した。百面鬼は寝室から居間兼事務フロアに移った。

「いまの客は、博愛会総合病院の立花謙《たちばなけん》院長だよ」

見城が先に口を開いた。

「そうだったのか。調査の中間報告を聞きに来たんだろう？」

「うん、そう。そのうち死体泥棒の正体がわかるだろうと答えておいたよ」

「そうかい」

百面鬼はリビングソファに腰かけた。見城が正面に坐る。

「録音音声から何か手がかりは？」

「収穫はあったよ」

百面鬼は経過をつぶさに語った。

「速水は内臓や人体のパーツを売ってたわけじゃなかったのか。推測が外れたね」

「そういうことになるが、捜査は無駄の積み重ねだよ」

「まあね。速水は椎橋って奴とつるんで、屍姦DVDの密売や屍姦の実演ショーで荒稼ぎしてたのか。その上、実演ショーの客や人肉を喰ったカニバリストたちから口止め料を脅し取ってたんだ」

「それは、ほぼ間違いないよ。速水たち二人は、ダーティー・ビジネスで五、六億は稼いだんじゃねえか」

「そのくらいは稼いだだろうね。回収した録音音声を聴いて、百《どう》さんは椎橋という男はなんとなく気弱そうだと言ってたが、そうなんだろうか。おれは、椎橋のほうが速水よりも一枚上手《うわて》なんじゃないかと踏んでるんだ」

「どうしてそう思った？」

「椎橋という男は、かなりの大物と思われるスポンサーに取り入って、経営不振に陥《おちい》った総合病院を次々に買収してる。そして、それらの病院をスポンサーに転売して、しっかり利鞘を稼いでるにちがいない」

「利鞘の額は多くねえようだぜ」

「それでも転売で一千万、二千万と着実に儲けてるんだろう。汚れ役と引き替えながらも、椎橋は他人の褌《ふんどし》で上手にビジネスをしてきたわけだ」

見城が言った。

「そういうことになるな」

「気弱な人間がそこまでやれるだろうか。椎橋は案外、速水なんかよりずっと強《したた》かな男なんじゃないのかな。速水に引きずり込まれた恰好《かっこう》になってるが、そのうち相棒の寝首を掻《か》く気でいるんじゃないのか」

「そうは思えねえけどな」

「速水と椎橋は共犯者同士だが、若い女の死体を浦辺に集めさせた元俳優のほうがたくさんの人間に弱みを知られてる。不都合な人間を殺し屋《プロ》に始末させてもいる」

「そうだな」

「それに引き替え、椎橋は屍姦DVDの撮影をしたり、屍姦実演ショーの手配をしただけと思われる。リッチマンに口止め料を要求したのが速水だけだったとしたら、椎橋の犯した罪ははるかに軽い」

「そうなら、椎橋のほうが力関係では速水よりも強いんだろう。場合によっては、速水を脅迫することもできる」

「だろうね。それから椎橋はその気になれば、スポンサーに嚙みつくこともできる。まだ顔の見えないスポンサーは社会的には成功者と思われるが、元助監督は病院乗っ取り屋だ。最初っから失うものはないんだから、いわば飼い主のスポンサーに牙を剝くことも可能だよね？」

「そうか、なるほどな。それはそうと、唐津の旦那が言ってた話が事実なら、時間の問題で速水は四谷署に身柄《ガラ》を押さえられるだろう」

「そうなったら、おれも立花院長から一千万円の成功報酬を貰えなくなる」

「ああ、そうだな。明日の午後、速水の妻を人質に取って、亭主と椎橋を生け捕りにしようや」

「そうするか」

「決まりだ」

百面鬼は相棒と握手した。

2

黒いベントレーは見当たらなかった。

百面鬼は車庫に目をやってから、速水邸のインターフォンを鳴らした。午後四時過ぎだった。相棒の見城は斜め後ろにいる。

「どちらさまでしょうか？」

スピーカーから女性の声が流れてきた。ハスキーボイスだ。

「新宿署の者だが、速水知香さん？」

「ええ、そうです」

「ご主人のことで、いろいろ訊きたいことがあるんだよね。ちょっとお邪魔させてくれないか」

「わかりました。少々、お待ちください」

「悪いね、突然で」

百面鬼は少し後ろに退《さ》がった。

待つほどもなくポーチから、二十八、九歳の彫りの深い美人が姿を見せた。速水の妻だろう。プロポーションは申し分ない。

「速水の妻です」

知香がそう言いながら、門扉《もんぴ》の内錠を外した。百面鬼は知香に警察手帳をちらりと見せ、見城のことを同僚刑事だと騙《かた》った。

「どうぞお入りください」

知香が長いアプローチを歩きはじめた。濃紺のブラウスは麻だった。ベージュのスカートは綿だろう。

百面鬼たち二人は、玄関ホールに面した広い応接間に通された。応接ソファセットは外国製らしく、デザインが斬新《ざんしん》だった。百面鬼たちは長椅子に並んで腰かけた。

「何か冷たいものでもお持ちしますね」

知香がそう言い、応接間を出ようとした。百面鬼は知香を呼びとめ、ソファに坐らせた。自分の正面だった。

「夫が何か問題を起こしたのでしょうか？」

「ご主人は、十四、五歳の家出少女たちを自分の店でデリヘル嬢として働かせてた」

百面鬼は、でまかせを口にした。

「十四、五歳というと、中学生ですよね？」

「そう」

「なんてことをしてしまったのかしら」

「実を言うと、その件はどうでもいいんだ。ただ、『東都ファイナンス』のダミー社長にやらせてたことには目をつぶるわけにはいかないな」

「速水は、夫は浦辺さんに何をさせていたのでしょう？」

「若死にした女の亡骸《なきがら》を八体、浦辺に集めさせてたんだよ」

「えっ!?　何かの間違いではありませんか」

「四谷の博愛会総合病院から、半年の間に八つの遺体が盗まれたことは知ってるだろう？」

「はい。死体を持ち去ったのは、浦辺さんだったんですか？」

「実際に八つの死体をかっぱらったのは元看護師なんだ。その女の兄は保科浩和という奴で、『東都ファイナンス』に五千万円ほど借金がある。保科は浦辺に若い女の死体を十体集めれば、負債は棒引きにしてやると言われて、妹に遺体を集めさせたんだよ」

「なんで夫は、若い女性の死体なんか欲しがったのでしょう？」

知香が沈んだ声で問いかけてきた。

「奥さん、元映画助監督の椎橋のことは知ってるよね？」

「椎橋卓磨《たくま》さんのことでしたら、よく存じ上げています。夫が役者をしていたころから親しくしていただいた方ですので」

「そう。あんたの夫は椎橋とつるんで、盗んだ遺体を使って屍姦シーンを撮って、インターネットの裏サイトで複製ＤＶＤを大量に密売してた疑いが濃いんだ」

「嘘でしょ!?　夫のビジネスは順調なんですよ。別にお金に困るようなことはなかったはずです」

「夫を庇《かば》いたい気持ちはわかるが、人間ってのは欲が深いからな。何億持ってても、もっと銭が欲しいと思うだろう」

「そうでしょうけど、とても信じられない話です」

「旦那は、もっといろんな事業を手がけたいと思ってるんだろう。共犯の椎橋は自分の映画をプロデュースし、監督や脚本も手がけたいと夢見てる」

「椎橋さんは病院経営コンサルタントとして、成功なさってるようです。その気になれば、映画制作費だって捻出《ねんしゅつ》できると思いますよ」

「奥さんは、椎橋の素顔を知らないんだな。椎橋はスポンサーから資金を提供してもらって、経営不振に喘《あえ》いでる総合病院を次々に乗っ取ってるんだ。いわば、病院乗っ取り屋だな」

「その話は事実なんですか？」

「信じられないかもしれないが、作り話なんかじゃない」

百面鬼は上着のポケットから自動録音装置付き受信機を取り出し、再生ボタンを押し込んだ。速水と椎橋の遣《や》り取《と》りが流れはじめた。

知香の顔は、みるみる蒼《あお》ざめた。音声を停止させたとき、それまで黙っていた見城が口を開いた。

「実は、この家の固定電話をわれわれは盗聴してたんですよ」

「えっ、そうだったの」

「これで、作り話ではないことはわかってもらえましたでしょ？」

「は、はい」

「この家のどこかに屍姦ＤＶＤが隠されているかもしれません。まだ捜索令状は持ってませんが、ちょっとご主人の書斎を拝見できませんか」

「それは困ります。令状を取ってからにしてください」

知香がはっきりと拒《こば》んだ。百面鬼は腰の後ろからグロック17を引き抜き、銃口を速水の妻に向けた。

「なんで、そんな物を……」

知香が美しい顔を歪《ゆが》ませた。

「家捜《やさが》しさせてもらうぞ。旦那の書斎に案内してくれや」

「お断りします」

「こいつはモデルガンじゃないんだ」

百面鬼は拳銃のスライドを滑らせ、引き金の遊びを絞り込んだ。

「刑事さんがむやみに人を撃ってもいいんですかっ」

「よかねえだろうな。けど、おれは撃つ」

「あなたは、まともな刑事さんじゃないのね」

知香が百面鬼を睨《にら》みながら、ソファから腰を浮かせた。すぐに見城が立ち上がる。百面鬼は二人に倣《なら》った。

知香は応接間を出ると、硬い表情で階段を昇りはじめた。百面鬼たちは知香に従った。

書斎は二階の端にあった。十五畳ほどの広さで、出窓側に桜材の両袖机が置かれている。左手の書棚には演劇関係の単行本や百科事典などがびっしりと埋まっているが、読まれた形跡はない。単なるアクセサリーなのだろう。

反対側の壁には、大型テレビが寄せられている。

その両側には、ＤＶＤラックが据《す》えてあった。洋画ＤＶＤが圧倒的に多い。

百面鬼は、部屋のほぼ中央に置かれた黒革張りのオットマンに知香を坐らせた。見城が両袖机に歩み寄り、引き出しを次々に開ける。

「どうだ？」

百面鬼は相棒に問いかけた。

見城が無言で首を横に振り、ＤＶＤラックに近づいた。立ち止まるなり、棚のＤＶＤ

を七、八枚ずつ床に落とした。

最上段の洋画DVDの裏側に、タイトルラベルのないDVDが八枚並んでいた。

「探し物は、こいつかもしれないな」

見城が両手で八枚のDVDを棚から引き抜いた。そのまま大型テレビの前に坐り込み、一枚をDVDプレーヤーに入れた。

ほどなく画面に屍姦DVDが映し出された。

知香が驚きの声をあげ、童女のように顔を左右に動かした。百面鬼は映像を観た。

黒いフェイスマスクを被《かぶ》った筋肉質の男が若い女性の死体を穢《けが》していた。死後硬直は一定の時間が経過すると、次第に緩《ゆる》む。

V字に掲げられた白い腿《もも》は、男が抽送《ちゆうそう》するたびに小さく揺れた。二つの乳房も弾んでいる。だが、死んだ女性の顔はまるで動かない。うっすらと口を開けたままだった。

「そそられるどころか、吐きそうになるだけだな。そっちはどうだい？」

百面鬼は見城に訊いた。

「感じるどころか、戻しそうになる。百億円くれると言われても、おれは死体とはセックスできない」

「おれも同じだよ。フェイスマスクの野郎、思いっ切りおっ立ててやがる。どういう神経してるんだっ」

「ほんとだね」

見城が呆《あき》れ顔で言い、映像を早送りした。

行為が終わると、男は鋭利な刃物で乳房と性器を抉《えぐ》り取った。さらに尻と太腿の肉を削《そ》ぎ落とした。男は終始、にたついているようだ。

「やめて！　早くDVDを停止させてください」

知香が叫んで、口許に手を当てた。吐き気を催《もよお》したのだろう。

見城は黙ったまま、DVDをプレーヤーから抜いた。引きつづき、二枚目の映像が映し出された。若い女の死体とアナル・セックスをしている男は素顔を晒《さら》していた。五十歳前後で、角刈りだった。サラリーマンではないだろう。

男は果てると、死体の手に自分の手を重ね、萎《な》えたペニスを断続的に握り込みはじめた。やがて、勃起《ぼっき》した。男はカメラに向かってVサインを示すと、死者の股間を舐めはじめた。おぞましくて、長くは直視していられない。

残りの四枚も、似たり寄ったりの映像だった。七枚目のDVDには、屍姦の実演ショーが映っていた。カメラはショーそのものだけではなく、観客の顔もひとつずつ鮮明に捉《とら》えている。紳士然とした中高年ばかりだった。それぞれが社会的成功者で、それなりの資産を有しているのではないか。

最後のDVDのファーストシーンには、どこかの厨房《ちゅうぼう》が映っていた。ステンレスの調理台の上には、人肉と思われる塊《かたまり》が無造作に転がっている。血みどろだった。その横のバットの中には、切断された手と耳が入っていた。ガラス鉢に入っているのは、刳《く》り貫《ぬ》かれた目玉だった。

次にカメラは、寸胴《ずんどう》型のソースパンの中を映し出した。茹でられているのは人間の骨だろう。人骨スープでも作っているのか。人肉はソテーされたり、バーベキューになるのだろうか。

少し映像が乱れ、次にレストランの店内らしい所が映し出された。各テーブルには、上品そうな男たちが向かっている。人間の肉を食するカニバリストたちだろう。

給仕の男がスープ皿を配りはじめた。男たちが互いに顔を見合わせ、暗い笑みをにじませた。

「もうノーサンキューだ」

百面鬼はうんざりした気持ちで見城に言った。

見城が最後のDVDをプレーヤーから引き抜いた。百面鬼はグロック17をベルトの下に差し込んでから、知香に話しかけた。

「これで、あんたの夫が椎橋とつるんで屍姦ＤＶＤを大量に密売してることがわかったよな？」

「ああ、なんてことなの」

「屍姦の実演ショーを観てた客も人肉を喰った連中も、旦那たちに口止め料を脅し取られたんだろう」

「信じられない、信じられないわ」

「ところで、共友会小松組の組長と代貸の中谷の二人が旦那たちの危《ヤバ》いビジネスを嗅ぎつけて、揺さぶりをかけたと思うんだが、そのへんについてはどうかな？」

「夫は新宿のやくざに因縁《いんねん》をつけられて、二億円ほど払ったことがあります。その相手が小松組の組長たちかどうかはわかりませんけど」

「おそらく旦那から二億せしめたのは、小松と中谷だろう。ついでに教えてやるが、その二人は何者かに殺された。小松と中谷を始末させたのは、あんたの夫臭いんだ」

「なんで、その二人を夫が始末させなければならなかったんです？」

「多分、小松たちは旦那があっさり二億出したんで、さらに口止め料を脅し取ろうとしたんじゃないか」

「夫が誰かに殺人を依頼したなんて……」

「妻としては、そんな話は信じたくねえよな。けど、大筋は間違ってないだろう」

「新宿のやくざたちは、夫たちの悪事をどうやって知ったんです？」

「裏社会には、いろんな噂《うわさ》話が広まるんだ。誰かがどこかで甘い汁を吸ってると、必ず噂になる。小松たちはちょっとした噂を小耳に挟んで、旦那と椎橋のことを探りだしたんだろうな。そして、屍姦ＤＶＤや人肉喰いのことを知ったんじゃないか」

「そうなんでしょうか」

知香がうなだれた。百面鬼は、懐から私物の携帯電話を取り出した。

「旦那が刑務所行きになることを考えたら、暗然とするよな？」

「ええ」

「おれたちは堅物《かたぶつ》の刑事ってわけじゃない。話によっては、押収した八枚のＤＶＤを署に持ち帰らなくてもいいんだ」

「それ、どういう意味なのでしょう？　お金を出せば、夫がしたことには目をつぶってもらえるんですか？」

「そういうことだよ。端金《はしたがね》じゃ話にならないが、まとまった銭を出してくれるなら、話し合いの余地はあるな。そのあたりのことを旦那と直に話したいんだ。速水の携帯のナンバーは？」

百面鬼は訊いた。知香が素直に質問に答える。百面鬼は速水に電話をかけた。ツーコールで、通話可能状態になった。

「おたく、どなた？」

速水が身構える感じで問いかけてきた。

「新宿署の剃髪頭《スキンヘッド》だよ」

「えっ」

「いま、おれはあんたの自宅の書斎にいる。DVDラックの最上段の裏に隠してあった八枚のDVDを押収した」

「な、なんだって!?」

「屍姦DVD、すべて観たぜ。四谷署は八体の死体をかっぱらった容疑で、そっちを逮捕《パク》る気でいる。捕まったら、恐喝罪も加わるな。そっちは椎橋と結託《けったく》して、屍姦DVDの密売のほか実演ショーの観客や人肉を喰った奴らから口止め料を脅し取ってたみたいだからな」

「そ、そんなことまで知ってるのか!?」

「少し前に奥さんにも言ったんだが、おれは話のわからない人間じゃない。そっちに裏取引に応じる気があるんだったら、一連の事件《ヤマ》を揉み消してやってもいいよ」

「ほんとなのか!?」

「ああ。けど、一千万や二千万じゃ、話にならないぞ」

「いくら出せば、おれは刑務所に行かずに済む？　はっきり言ってくれ」

「あんたは小松組の組長や代貸を第三者に殺《や》らせてるよな」

百面鬼は言った。

「えっ」

「観念しなって。小松と中谷を始末させて、『東都ファイナンス』のダミー社長の浦辺も葬《ほうむ》らせたことまでわかってんだ。破門やくざの柴の死にも関与してるよなっ」

「…………」

「肯定の沈黙ってやつか。いくら出す気がある？」

「一億でどうだ？」

「話にならねえな。電話、切るぜ」

「待ってくれ。二億で手を打ってくれないか」

「屍姦の実演ショーを観た奴らやカニバリストどもから、五、六億円は脅し取ったんだろうが！」

「しかし、小松組に二億もたかられたから……」

「駆け引きはやめようや。いくら出す気があるんだ？」

「仕方ない、三億出すよ」

速水が一拍置いて、早口で答えた。

「すぐに預金小切手を用意できるか」

「ああ」

「いま、どこにいる？」

「池袋の風俗店の事務室にいるんだ」

「なら、夕方六時までには家《ヤサ》に戻れるだろう？」

「帰れると思うよ」

「奥さんを人質に取ってることを忘れないことだな」

「知香におかしなことをしたんじゃないだろうなっ」

「指一本触れちゃいないよ。けど、あんたが六時までに帰宅しなかったら、どうなるかわからないぞ」

「妻には何もしないでくれ」

「金の亡者《もうじゃ》も、てめえの妻は大事らしいな」

「知香は、かけがえのない女なんだ。だから、妻がおかしなことをされたりしたら、精神のバランスを保てなくなるだろう」

「約束をちゃんと守りゃ、変なことはしねえよ」

「もし約束を破ったら、おれはおたくと刺し違えてやるからなっ」

「それだけ女房に惚れてるんだったら、そっちこそ約束を守りな」

「わかってるよ。一連の事件には椎橋も関わってるんだ。あの男はほうっておくのか？」

「そっちの次に、椎橋も追い込む。とにかく、早くこっちに来い！」

百面鬼は荒っぽく電話を切った。

3

人質はランジェリー姿だった。

グリーングレイのブラジャーとパンティーしか身に着けていない。少し前に相棒の見城が知香の衣服を脱がせたのだ。

「おい、そんなにおっかながるなよ。奥さんをランジェリーだけにしたのは逃げられたくなかったからなんだ」

百面鬼は言って、短くなった葉煙草《シガリロ》の火を大理石の灰皿の底で揉み消した。

速水宅の応接間である。見城は庭に身を潜《ひそ》め、速水が帰宅するのを待っていた。速水が殺し屋を伴ってくることを警戒したのだ。

「三億円で夫がやったことには目をつぶってくれるんですね」

知香が体を縮めたまま、ソファの上で言った。

「ああ」

「誓約書みたいなものを認《したた》めていただけるのでしょうか」

「そういうものは書けない」

「それじゃ、夫はずっと不安な思いでいなければならないんですね」

「それぐらいは仕方ないだろうが。速水は、それ相当の悪事をしたんだからな」

「そうなんですけど」

「何度も口止め料を出せなんて言わないよ」

「その言葉を信じても……」

「金は大好きだが、一度きりしかせびらない。だから、安心しなって」

百面鬼は口を閉じた。

そのとき、車庫のあたりから車のエンジン音がかすかに響いてきた。速水がマイカーのベントレーを車庫に入れたのだろう。

百面鬼は、腿の上に寝かせていたグロック17を右手に握った。

「夫はひとりで帰ってきたと思います。だから、そのピストルはしまっていただけないでしょうか」

「おれは、悪人は信じないことにしてるんだよ」

「速水を撃ったりしないでくださいね」

「あんたも不幸な女だな」

「え？」

「確かに速水は遣《や》り手の事業家だが、根はろくでなしだ。そんな野郎に惚れた女は、いつか哀しい想いをする。この機会に旦那とさっさと別れちまえよ」

「わたし、速水にどこまでも従《つ》いていく覚悟で結婚したんです。ですから、彼に棄てられない限りは絶対に別れたりしません」

知香が昂然《こうぜん》と言った。百面鬼は首を横に振った。

ちょうどそのとき、玄関のドアが開いた。少し経つと、見城に片腕を摑まれた速水が応接間に入ってきた。

「知香、レイプされたのか!?」

速水が目を剝《む》きながら、妻に訊いた。

「安心して。わたし、何もされてないから」

「しかし、ランジェリーだけしか身に着けてないじゃないか」

「刑事さんたちは、人質のわたしが逃げることを防ぎたかったようなの」

「そうなんだよ。坐ってくれ」

百面鬼は速水に言って、目の前のソファを指さした。速水が素直に指示に従う。見城はドアの近くにたたずんだ。

「預金小切手を見せてくれ」

百面鬼は促《うなが》した。速水が無言で上着のポケットから、二枚の小切手を抓《つま》み出す。

「一枚じゃねえのか？」

「三億円を預けてる銀行はなかったんだ。で、二つの銀行の預金小切手を切ってきたんだよ。額面は二億と一億だ」

「そいつをこっちに渡すんだっ」

百面鬼は、ごっつい左手を差し出した。

速水が二枚の小切手を百面鬼の掌《てのひら》に載《の》せる。百面鬼は額面と発行人を確かめた。どちらも間違いはなかった。支店長振り出しの小切手で、いつでも換金可能だ。百面鬼は二枚の預金小切手を上着のポケットに突っ込んだ。

「押収したDVDを返してくれないか」

速水が言った。

「二階の書斎にあるよ」

「八枚とも？」

「そうだ」

「ちょっと確かめに行ってもいいだろう？」

「おれの言葉、信じられないって言うのかっ」

百面鬼はサングラスのフレームを押し上げ、速水に銃口を向けた。速水が身を強張《こわば》らせる。

「わ、わかった。おたくを信用するよ」

「いい心掛けだ」

百面鬼は上着の左ポケットにさりげなく手を入れ、小型録音機の録音スイッチをそっと押し込んだ。

「妻に服を着せてやってくれないか」

「そう慌《あわ》てることはないだろうが。別に奥さんをどうこうする気はねえんだから」

「しかし、妻は下着姿じゃ落ち着かないはずだ」

「そんなことより、小松組の組長を破門やくざの柴に撲殺させたのはそっちだなっ」

「小松を金属バットで叩き殺したのは、柴と彼の知り合いだよ。もうひとりの仲間を加えた三人が小松を拉致《らち》したんだ」

「そっちは小松に脅し取られた金を取り戻そうとしたんじゃねえのか？」

「そのつもりだったんだが、小松の野郎はせせら笑っただけだった。だから、頭にきて……」

「柴たちに小松を殺《や》らせたのか」

「そうだよ」

「代貸の中谷は小松を始末させたのがそっちだと見抜いて、反撃してきた。それで、中谷まで葬る気になったんじゃねえのか？」

「否定はしないよ」

「邪魔者は確かに目障《めざわ》りだよな。だからって、同県人の浦辺まで殺らせることはなかっただろうが！」

「元銀行マンの浦辺は堅気だから、あっさり口を割ると思ったんだ。裏ビジネスのことが発覚したら、身の破滅なんで、気の毒だとは思ったんだが」

「女殺し屋のことを喋ってもらおうか」

「それは……」

速水が口ごもった。

「一度死んでみるか。え？」

「やめろ！　撃たないでくれ。彼女は標《しるべ》美寿々《みすず》という名で、アメリカ育ちの日本人なんだ。つまり、日系アメリカ人だな。向こうの海軍のコマンド部隊の伍長《ごちょう》だったらしいんだが、上官との不倫に疲れたとかで日本でフリーの殺し屋になったという話だったな」

「女殺し屋は、いくつなんだ？」

「ちょうど三十歳だよ」

「美寿々とは、どういう知り合いなんだい？」

百面鬼は畳みかけた。

「椎橋に紹介されたんだよ。女殺し屋は彼のスポンサーの身辺護衛をやってたらしいんだが、殺しも請け負《うお》うようになったみたいだな」

「そうか。椎橋に経営不振の総合病院を次々に乗っ取らせてから、そうした病院を買い漁《あさ》ってるのは大病院経営者だな。そいつの名前は？」

「それだけは言えない」

速水が答えた。

次の瞬間、見城が無言で中段回し蹴りを放った。側頭部を蹴られた速水がソファから転げ落ちる。見城が速水に走り寄り、今度は脇腹に鋭い蹴りを入れた。

速水が唸りながら、手脚を縮めた。

見城は片方の膝頭で速水の体を押さえると、手早く顎《あご》の関節を外した。速水が動物じみた声を喉の奥で発しながら、転げ回りはじめた。

「乱暴なことはしないで！」

知香が哀願した。百面鬼は知香を睨《ね》めつけた。

速水は涎《よだれ》を垂らしながら、くぐもった唸り声を洩《も》らしている。百面鬼は頃合を計って、見城に目配せした。

見城が速水の顎の関節を元通りにしてやり、ソファに腰かけさせた。速水は顎関節《がくかんせつ》のあたりを撫《な》でさすりながら、肩を弾ませていた。目には涙が溜まっている。

「椎橋の後ろ楯《だて》は誰なんだ？　口を割らなきゃ、腹に一発ぶち込む」

「チェーン・ホスピタルの『フェニックス医療センター』の総大将の奥村光貴《おくむらみつたか》さんだよ」

「あの奥村光貴だったのか」

百面鬼は驚いた。

ひところ奥村はマスコミに登場していた。八十四歳の彼は医師だが、商売人でもあった。医業はビジネスと割り切り、二十四時間診療を売り物にして傘下の病院を増やし、いまや全国に百数十のチェーン・ホスピタルを持つまでに成長した。

奥村は他の病院から腕のいい外科医や美人女医たちを高給で引き抜き、多くの患者を集めている。しかし、治療費が高過ぎるという悪評もある。入院患者をなかなか退院させないという噂も消えない。

そんなことで、『フェニックス医療センター』の理事長は医療業界では異端児扱いされている。十数年前にはタレントたちを政界進出させようと巨額の選挙資金を提供し、物笑いにされた。

それでも奥村は医師界の重鎮《じゅうちん》たちをこき下ろし、財力を誇示しつづけている。複数の愛人を囲っていることも隠そうとしない。ドクターでありながら、成金《なりきん》そのものといった印象を与える人物だ。

「奥村理事長は、医は仁術と気取ってる医者たちが大嫌いなんだ。だから、グループの病院数をもっともっと増やして、自分を見下してる偉いドクターたちを見返してやりたいみたいだな」

「野望に燃えること自体は、別に悪いことじゃない。多くの人間は色と欲で動いてるわけだから、本音で生きてる奥村はある意味では正直者と言えるだろう」

「そうだね」

「けど、ダミーの椎橋に数多くの病院を乗っ取らせてることは気に入らねえな」

「そうだろうが、一連の事件には奥村さんは関与してないんだ。理事長を強請《ゆす》ろうとしても、それは無理だろう。それに奥村さんには非情な女殺し屋もついてるから、欲を出さないほうがいいんじゃないか」

「ご忠告は拝聴《はいちょう》しておくよ。けど、奥村が屍姦《あめ》DVD、実演ショー、人肉の秘密試食会にまるでタッチしてないと思うのはちょっと甘えんじゃねえか。奥村は椎橋を唆《そそのか》して、そっちと裏ビジネスをさせたのかもしれないぜ。そして、いずれそっちの取り分も奪う気なんじゃないのか」

「そんなことは考えられないよ。医療スーパーと陰口をたたかれてるが、『フェニックス医療センター』は黒字経営なんだ」

速水が反論した。

「それでも、グループの病院数をもっともっと増やす気でいる」

「そうなんだろうが……」

「話は前後するが、浦辺に集めさせた八つの死体を清川村のセカンドハウスから別の場所に移してたんだな。そこは、どこなんだっ」

「奥湯河原《おくゆがわら》にある奥村理事長の別荘だよ。椎橋がその別荘を自由に使わせてもらってたんだ」

「それじゃ、屍姦ＤＶＤはその別荘で撮影したんだな？」

「ああ、椎橋がね」

「死体を抱いた男たちは何者なんだ？」

「横浜の飲み屋街で椎橋が見つけてきた男たちだよ。最初は誰も厭《いや》がってたそうだが、六十万の謝礼に惹《ひ》かれて屍姦を引き受けてくれたというんだ。もっともノーマルな奴ばかりだったんで、勃起するまでに長い時間がかかったらしいがね」

「だろうな」

「椎橋は苦肉の策として、すぐそばでホームレスの中年夫婦にファックさせて、その気にさせたと言ってた」

「実演ショーは、どこかの劇場でやったのか？」

「熱海のストリップ劇場を借りたんだよ、休演日にね。人肉試食会は、椎橋の知り合いのレストランでやったんだ。やっぱり、店の定休日にね」

「そうか。観客の前で屍姦した男は、頭《ペテン》がいっちゃってるんだろうな」

「あの男は、ネットの裏サイトで探した死体フェチだったんだ。若い女の死体《ボディー》を見た瞬間から、エレクトしっ放しだったよ」

「屍姦ショーを観てたリッチマンたちは、どうやって集めた？」

「椎橋は国税局の幹部職員を抱え込んで、高額納税者のリストを手に入れたんだ。そして中小企業の社長、弁護士、公認会計士、ニュースキャスター、政治家たちにこっそり声をかけたんだよ」

「実演ショーは何回やった？」

「二十四、五回だと思うよ、トータルでね。総観客数は八百数十人だった」

「そっちと椎橋は、すべての客に口止め料を要求したのか？」

百面鬼は訊いた。

「脅しをかけたのは、二百五、六十人だよ。そのうちの三十二人が人肉を喰ったんだ」

「で、どのくらい銭を脅し取った？」

「五億ちょっとだね。分け前は椎橋と折半《せっぱん》にしたんだが、経費がいろいろかかってるから、こっちが手にしたのは二億三千万ぐらいだった」

「屍姦DVDは主に海外の奴らに売ってたんだな？」

「ああ。欧米だけじゃなく、アルゼンチン、チリ、ブラジル、タイ、フィリピン、オーストラリアなんかでも売れたよ。一万数千枚は捌《さば》けた」

「一枚いくらで売ったんだ？」

「日本円で五万円だよ」

「一万二千枚としても、総売上高は六億円か。ダビングにかかった費用なんて知れてるから、ほとんど丸儲けだったんだろう」

「うん、まあ」

「DVD密売の儲けも、椎橋と半分ずつ分けたのか？」

「ああ、そうだよ」

「実演ショーを観たり、人肉を喰った客たちのリストは、そっちが持ってるのか？」

「いや、それは椎橋が持ってる。なぜだか彼は、リストを自分で保管したがったんだ。どうしてなのかね」

速水が考える顔つきになった。

「おそらく椎橋はリストをコピーして、それを早く奥村に渡したかったんだろう」

「まさか!?」

「よく考えてみろや。椎橋がスポンサーである奥村の別荘を無断で屍姦ＤＶＤの撮影に使うと思うか？」

「奥村理事長も承知の上で、自分の別荘を使わせたんじゃないかと……」

「そう考えるほうが自然だろうが。仮に椎橋が奥村に内緒で別荘で屍姦ＤＶＤを撮ったとしよう。そのことがバレたら、椎橋はスポンサーに切られることになるはずだ」

「そうか、そうだろうな」

「裏ビジネスでちまちまと稼ぐよりも、椎橋は奥村にくっついて下働きをしてたほうがずっと得だし、安定もしてる。そうは思わねえか？」

「椎橋は十億の制作費を投じて、自分の映画を撮るのが夢だと熱っぽく語ってたが、あれは……」

「そっちを裏ビジネスに引きずり込んで、どうしても若い女の死体を集めたかったんだろう。おそらく椎橋は『東都ファイナンス』の大口債務者の保科が利払いも滞《とどこお》らせてること、それから奴の妹の瑠衣がかつて四谷の博愛会総合病院でナースをしてたことも調査済みだったんだろう」

「それじゃ、椎橋は初めっから、こっちを利用するつもりで裏仕事を持ちかけてきたってことになるな」

「おおかた、そうだったんだろう。椎橋は女殺し屋にあんたを始末させ、スポンサーの奥村と組んで屍姦の実演ショーを観たり、人肉を喰ったリッチマンたちから何度も口止め料を毟《むし》り取る気でいるんじゃないか」

「くそっ、椎橋め！」

「椎橋に電話して、ここに来るように言うんだっ。そうだな、新しい非合法ビジネスを思いついたとでも言って誘《おび》き出してもらおうか」

百面鬼は言って、葉煙草《シガリロ》をくわえた。

速水が懐から携帯電話を取り出し、番号を押した。電話はすぐに繋がったようだ。

「椎橋さん、おれ、ものすごくおいしい裏仕事を思いついたんだ。すぐに会いたいな」

「…………」

「いや、自宅にいるんだ。一時間後なら、おれの家に来られる？　それじゃ、待ってるよ。必ず来てくれよな」

速水が通話を切り上げた。

百面鬼は左手首の宝飾腕時計に目を落とした。午後六時三十一分だった。

「そっちとずっと睨《にら》めっこしてるのも芸がねえな。女房にしゃぶってもらうか。え？」

「な、何を言い出すんだ!?　人前で、そんなことはできない。なあ？」

速水が百面鬼に言い、妻に相槌《あいづち》を求めた。知香が二度大きくうなずいた。

「おれも、てめえの身を護《まも》りてえんだよ」

「えっ？」

「あんたが開き直って四谷署の奴らに、現職刑事に三億円の口止め料を払ったなんて自白《ウタ》われると、まずいことになるからな」

「運悪く逮捕されるようなことになっても、決しておたくたちのことは喋らないよ」

「そう言われても、安心できねえ。やっぱり、保険を掛けておかないとな」

「しかし、いくら何でも……」

「やらなきゃ、おれの相棒に女房を姦《や》らせるぞ。相棒はスーパー級のテクニシャンなんだ。高度なフィンガーテクニックを使われたら、かみさんは一分も経たないうちにエクスタシーに達しちまうだろう。そんなことになったら、夫としては屈辱的だろうが」

「うむ」

「どうする？　かみさんに、よがり声をあげさせてもいいのか？」

百面鬼は決断を迫った。速水が憮然《ぶぜん》とした顔でソファから立ち上がり、妻の前まで歩いた。

「あなた、やめてちょうだい。刑事さんたちのいる前で、そんなことはできないわ」

「おれだって、みっともないことはしたくない。しかし、知香の体を弄《もてあそ》ばれたくないんだ。協力してくれ。頼む！」

「ああ、なんてことなの」

知香が諦め顔で片腕を夫の腰に回し、もう一方の手でスラックスのファスナーを引き下げた。彼女は摑み出した陰茎《いんけい》に刺激を加えはじめた。

速水の欲望はなかなかめざめなかった。それでも七、八分経つと、少しずつ力を漲《みなぎ》らせはじめた。すかさず知香が夫の性器を口に含み、舌を閃《ひらめ》かせた。速水が妻の髪を優しくまさぐりだした。

見城が心得顔で速水夫妻に近づき、デジタルカメラで淫《みだ》らな行為を動画撮影しはじめた。

そのとき、急に応接間のシャンデリアの明かりが消えた。ほとんど同時に、窓から銃弾が撃ち込まれた。銃声は聞こえなかった。

「伏せろ」

百面鬼は見城に言って、ソファから離れた。

次の瞬間、またガラスの割れる音がした。速水が呻いて、床に倒れた。そのまま石のように動かない。

「あなた、しっかりして！　返事をしてちょうだい」

知香が呼びかけながら、夫に抱き縋《すが》った。

「ここは頼んだぞ」

百面鬼は相棒に声をかけ、中腰で応接間を出た。グロック17を構えながら、ポーチに飛び出す。

それを待っていたように、庭先から銃弾が連射された。百面鬼はポーチに腹這《ば》いになり、黒い人影に狙いを定めた。

撃つ。的《まと》は外さなかった。

標的が呻いた。女の声だった。殺し屋の標美寿々だろう。敵がゆっくりと頽《くずお》れた。

百面鬼は起き上がり、内庭に降りた。

倒れた女は利き腕に被弾していた。二の腕のあたりだった。近くには、消音器を嚙ませたワルサーP5が転がっていた。ドイツ製の高性能拳銃だ。

百面鬼はワルサーP5を拾い上げ、サイレンサーの先端を女の肩口に押し当てた。

「殺し屋の標美寿々だな？」

「そうよ。わたしを殺せばいいわ」

女殺し屋が挑むように言った。滑らかな日本語だった。庭園灯の淡い光に照らされた顔は整っていた。美寿々はホテルマンに化けて、中谷を射殺したことも認めた。もはや観念したのだろう。

だが、すぐに始末するのはもったいない気がする。

百面鬼はためらった。

「早く殺《や》りなさいよ。二度もユーを撃ち損じるなんて、最悪だわ。プライド、ズタズタよ」

「椎橋が速水を消せって言ったのか？　それとも、奥村の命令だったのかっ」

「どっちだっていいでしょ。早く撃ってよ」

美寿々が喚《わめ》いた。百面鬼は鼻先で笑った。

ちょうどそのとき、見城が玄関から飛び出してきた。

「速水は死んだよ。倒れてるのは例の女殺し屋だね？」

「そう」

「殺しの依頼人は、椎橋なんだろ？」

「この女、口を割ろうとしないんだよ」

「どうする？」

「女殺し屋を囮《おとり》に使おう。この女は、おれが預かる」

「それじゃ、ひとまずこの家から遠ざかろう」

「オーケー」

百面鬼はグロック17をベルトの下に突っ込むと、女殺し屋を摑み起こした。

4

痛みが走った。

思わず百面鬼は手を引っ込めた。女殺し屋の美寿々に右手の指先を嚙まれたのだ。

渋谷のシティホテルの一室だった。サイドテーブルの上には、少し前に帰った見城が買ってきてくれた救急医療セットが載《の》っている。外傷用消毒液や化膿《かのう》止めも置いてあった。

「また、わたしの体に触ったら、この次はユーの男根《ディック》に歯を立てるわよ」

ベッドに横たわった美寿々が怒気を含んだ声で言った。

「勘違いしてやがるな」

「え？」

「おれは女好きだが、いま、そっちを姦《や》る気なんかない。二の腕に埋まってる九ミリ弾を摘出してやろうと思ったんだ」

「なんで手当てなんか……」

「ただの気まぐれさ。シャツブラウス、早く脱げよ」

「手当てなんかしなくてもいいわ。どうせわたしを殺す気なんでしょうから」

「ごちゃごちゃ言ってないで、早くシャツブラウスを脱ぐんだ」

百面鬼は女殺し屋にワルサーP5の銃口を向けた。美寿々が口の端を歪《ゆが》めた。発砲などしないと思い込んでいるようだ。

百面鬼はわずかに銃口をずらして、無造作に引き金を絞った。

消音器から圧縮空気の洩《も》れる音がした。放った銃弾は長い枕を貫通し、ベッドマットにめり込んだ。

「わたしの拳銃《ハンドガン》の弾を無駄にしないでよ」

「気の強い女だ。太腿に一発ぶち込まないと、銃創を見せる気にならないか。そうなら、撃ってやらあ」

「ユー、ばかじゃないの。さっさとわたしを撃ち殺して、椎橋や奥村を追いつめればいいでしょうが！」

「別に急ぐことはないさ。どうする？　腿に一発撃ち込んでほしいか」

「面倒なことさせるわねっ」

美寿々が悪態をついて、渋々、上半身を起こした。それから彼女はシャツブラウスを脱ぎ、ベッドの下に投げ落とした。ストラップレスのブラジャーに包まれた乳房は、やや小さかった。

百面鬼はワルサーP5を腰の後ろに差し込むと、外傷用消毒液の壜《びん》を摑み上げた。美寿々の右腕を手に取り、血糊《ちのり》に塗れた銃創に消毒液をぶっかける。

女殺し屋が長く唸った。ひどく沁《し》みたのだろう。

傷口が見えた。意外にも九ミリ弾は、それほど深くは埋まっていない。たやすく摘出できそうだ。

百面鬼は救急医療セットからピンセットを取り出し、その先端をライターの炎で入念に炙《あぶ》った。完璧《かんぺき》には殺菌《さっきん》できないだろうが、少しは気休めになる。

「目をつぶって、奥歯を強く嚙め！」

「ユー、いつからわたしの父親になったのよっ」

「かわいげのない女だ」

「いったいどうしちゃったの？　わたしは速水だけじゃなく、ユーも仕留めるつもりだったのよ。なのに、手当てをしてくれるわけ？　どういう心境の変化なの？」

「わからねえよ、自分でも。なぜだか、そっちを殺《や》らなくてもいいかと思いはじめたんだ」

「甘っちょろい男ね」

「黙って言われた通りにしろ！」

「声がでかいわよ」

美寿々は毒づきながらも、言われた通りにした。

百面鬼は銃創に消毒液を垂らしつつ、ピンセットの先で皮下脂肪を押し拡《ひろ》げた。肉に触れたらしく、美寿々が呻いた。

「もう少し我慢するんだ」

百面鬼は皮下脂肪の下の肉をせせり、九ミリ弾をピンセットで挟んだ。またもや美寿々の口から呻き声が洩れた。

百面鬼は一気に弾頭を抓《つま》み出した。

銃創には鮮血が溜まっていた。化膿《かのう》止めの軟膏《なんこう》を擦《す》り込み、バンドエイドを貼る。

「このままじゃ傷口はなかなか塞《ふさ》がらないだろうから、ちゃんと外科医院で縫合《ほうごう》してもらうんだな。こいつは痛み止めだ」

百面鬼は鎮痛剤とペットボトルの天然水を美寿々に渡し、ウエットティッシュで指先を拭《ぬぐ》った。

美寿々は黙って錠剤を服《の》んだ。ツインの部屋だった。割に広い。

百面鬼は隣のベッドに腰かけた。

「痛みが和《やわ》らいだら、裸になれって言う気なんでしょ？」

「そんなこと言わねえよ」

「セックスしたいんだったら、肉体《ボデイー》を貸してやってもいいわ」

「なんだって急にそんなことを言い出すんだ？」

「わたし、他人《ひと》に借りをこさえたくないのよ。だから、何かで借りを返しちゃいたいの」

美寿々が乾いた声で言った。

「なら、ちょいとおれに協力してくれねえか」

「協力？」

「そうだ。椎橋はどこにいる？」

「今夜は奥村理事長と一緒にクルージングしてるはずよ。理事長のクルーザーでね」

「マリーナはどこなんだ？」

「葉山《はやま》よ。理事長は『シンシア号』という艇名《ていめい》の外洋クルーザーを持ってるの」

「おれと一緒にマリーナに行ってくれ」

「わたしを弾除《たまよ》けにする気ね？」

「そうじゃないよ。そっちにひと芝居打ってほしいんだ」

「どういうことなの？」

「速水が椎橋と奥村の弱みを洗いざらい吐いたんで、このおれを生け捕りにしたって嘘をついてほしいんだ」

「わたしにクライアントを裏切れってことね」

「そうだ」

「ユー、椎橋と奥村を強請《ゆす》るつもりなんでしょ？」

「成り行きによってはな。ついでに屍姦の実演ショーを観たり、人肉を喰った奴らのリストも手に入れるか」

「日本のお巡りもアメリカの警官並に悪くなってるのね。危険な仕事の割に俸給が安いせいかしら？　どうでもいいことだけどね」

「どうする？」

「取り分がフィフティ・フィフティなら、協力してもいいわ。殺しの報酬だけじゃ、大金持ちにはなれないから」

「アメリカ育ちはドライだな。気に入ったぜ。オーケー、いいだろう」

「協力する前に確認しておきたいんだけど、ユーの相棒の優男《やさおとこ》も分け前を寄越《よこ》せって言い出すんじゃない？」

美寿々が訊いた。

「奴《やっこ》さんには、さっき速水からせしめた金の一部を渡した。小切手の額面は一億だから、そう欲はかかねえだろう」

「そういうことなら、協力するわ」

「よし、話は決まった。傷の痛みが和《やわ》らいだら、葉山に向かおう」

「もう大丈夫よ」

「無理しねえほうがいいな」

百面鬼は言った。だが、美寿々はベッドを離れ、血で汚れたシャツブラウスを手早くまとった。

ほどなく二人は部屋を出た。十五階だった。エレベーターで地下駐車場に降り、覆面パトカーに乗り込む。百面鬼は美寿々を助手席に坐らせ、すぐにクラウンを走らせはじめた。まだ午後十時前だ。

第三京浜から横浜横須賀道路をたどって、逗葉《ずよう》新道を抜けた。一三四号線を短く走り、葉山マリーナに向かう。

目的地に着いたのは十一時半過ぎだった。

百面鬼はマリーナの近くに覆面パトカーを駐《と》め、美寿々と桟橋《さんばし》に向かった。海から吹きつけてくる風が頭髪を嬲《なぶ》った。

純白の『シンシア号』は、突端《とったん》近くに舫《もや》われている。全長二十メートルはありそうだ。舷灯《げんとう》の光が円窓《まるまど》から零《こぼ》れていた。椎橋と奥村はナイトクルージングを愉《たの》しんだ後、船室《キャビン》で酒を酌み交わしているのだろう。

「そろそろユーは、わたしの前を歩いてよ。生け捕りにされたんだから、並んで歩いてたら、おかしいでしょ？」

桟橋の中ほどで、美寿々が言った。

「そうだな」

「わたしのワルサーP5を返して」

「そうはいかない。背中を撃たれちゃ、かなわねえからな」

「シュートなんかしないわよ。わたしが信用できないって言うんだったら、弾倉《マガジン》を抜けばいいわ」

「それもそうだな」

百面鬼は、消音器を嚙ませた拳銃の銃把《グリップ》からマガジンを引き抜いた。

残弾は四発だった。弾倉を上着のポケットに入れ、ワルサーP5を美寿々に渡す。

「早く前を歩いて！」

美寿々が急《せ》かした。

百面鬼は歩度《ほど》を速め、シグ・ザウエルP230Jの銃把《グリップ》をそっと握った。女殺し屋が予備のマガジンを隠し持っているかもしれないと考えたからだ。

しかし、それは思い過ごしだった。美寿々は数メートル後ろから従《つ》いてくるだけで、怪しい動きは見せなかった。

二人は桟橋の端まで歩いた。大型クルーザーの甲板《デッキ》に跳び移る。

百面鬼は船室《キャビン》の円窓に顔を寄せた。奥村が四十二、三歳の男とテーブルについて、バドワイザーの小壜《こびん》をラッパ飲みしていた。百面鬼は横に動き、美寿々に船室の中を覗かせた。

「奥村と一緒に飲んでるのは、病院乗っ取り屋の椎橋だな？」

「ええ、そう。さあ、演技開始よ。両手を頭の上で重ねて、船室の出入口に回って」

美寿々が小声で指示した。

百面鬼は指示通りに動いた。キャビンの出入口に達すると、美寿々がドアをノックした。待つほどもなくドアが開けられ、椎橋が顔を見せた。

「速水と一緒にその男も片づけてくれと頼んだはずだぞ」

「この男は、あなたと奥村理事長の致命的な弱みを握ってるみたいよ。だから、生け捕りにして、ここに連れてきたの」

「そうだったのか。そいつを船室に入れてくれ」

「オーケー」

美寿々がワルサーP5の銃口を向けてきた。

椎橋が梯子段《はしごだん》を下り、奥村に事情を話した。百面鬼は美寿々に背を押され、短いステップを下った。

船室は割に広い。テーブルの右側には、調理台やシンクがあった。反対側にはトイレとシャワールームが並んでいる。

奥は寝室になっていた。六畳ほどのスペースで、キングサイズのベッドが据え置かれている。

「その男が何かわたしたちの致命的な弱みを握ってるそうだな?」

奥村が下脹れ《しもぶく》の顔を女殺し屋に向けた。

「ええ」

「どんな弱みを握ってるというんだ?」

「本人に喋らせましょう」

美寿々がそう言い、左手に握ったワルサーP5を提《さ》げた。百面鬼は拳銃を引ったくるなり、銃把《グリップ》に弾倉を叩き込んだ。

美寿々が薄く笑いながら、テーブルに浅く腰かけた。

「おまえ、寝返ったんだなっ」

奥村が、ぎょろ目で美寿々を睨んだ。美寿々は冷ややかに笑った。

百面鬼はワルサーP5のスライドを引き、初弾を薬室《チャンバー》に送り込んだ。奥村と椎橋が顔を見合わせ、奥の寝室に逃げ込む。すぐにドアが閉ざされ、内錠が掛けられた。

百面鬼はベッドルームのドアに体当たりした。三度目の体当たりで、錠が壊れた。

ドアを押し開けると、椎橋が水中銃《スピアガン》を構えていた。すぐに銛《もり》が放たれた。

百面鬼は身を躱《かわ》し、椎橋の顔面を撃った。椎橋は血をしぶかせながら、棒のように倒れた。それきり動かない。

「こ、殺さないでくれ」

奥村がベッドの上で正坐し、命乞いをした。

「てめえと椎橋は最初から速水を利用だけして、女殺し屋に始末させるつもりだったんだなっ」

「なんの話なんだ?」

「時間稼ぎはさせねえぞ」

百面鬼は狙いをつけて奥村の右肩を撃った。奥村がいったん反《そ》り身になり、横倒しに転がった。銃創に当てた左手は、たちまち鮮血に染まった。

「もう撃つな」

「てめえは屍姦の実演ショーを観た奴や人肉を喰った連中から口止め料を何度も脅し取って、それで椎橋に経営不振の総合病院を次々に乗っ取らせるつもりだったんだろうがっ」

「そ、それは……」

「どうなんだ? もう一発喰らいてえらしいな」

「撃つな、撃たないでくれーっ。そうだよ、あんたの言った通りだ。昔の選挙資金提供でプール金が乏《とぼ》しくなってたんで、椎橋に回してた買収資金の大半は銀行から融資を受けてたんだ。低金利といっても、利払いが大変だったんだよ」

「そこで、屍姦ショーを観たり、人肉を喰ったリッチマンたちを脅す気になったたってわけだ?」

「そうだよ」

「速水とは別口で、椎橋に集金させてたんじゃないのかっ」

「ああ、少しだけね」

「総額で、どのくらい寄せやがったんだ？」

「約八億だよ」

「そいつをそっくり吐き出してもらおう」

「そ、そんな殺生《せっしょう》な！」

「手錠《ワッパ》打ってもいいんだぞ。撃ち殺されるよりも、生き恥をかくほうが辛《つれ》えだろうからな」

「わかった。金は、あんたにくれてやる」

「八億は奥湯河原の別荘にでも隠してあるのか？」

「いや、このクルーザーの中に隠してある」

「どこに？」

「このベッドの下だよ」

「そうかい。あばよ！」

百面鬼は奥村にたてつづけに二発見舞って、拳銃を足許に捨てた。

そのとき、左胸と腹部に被弾した奥村がベッドから転げ落ちた。短く体を痙攣《けいれん》させ、間もなく息絶えた。百面鬼はベッドマットを剝《は》がした。その下には、段ボール箱が敷き詰められていた。中身は札束だった。

百面鬼は口笛を吹いた。

ちょうどそのとき、女殺し屋が背後で驚きの声をあげた。百面鬼は振り返った。

あろうことか、小松組の舎弟頭が美寿々のこめかみに中国製トカレフであるノーリンコ54の銃口を押し当てていた。

清水だ。清水のかたわらには、小松有希がたたずんでいた。

「お気の毒だけど、奥村が屍姦の実演ショーを観たり、人肉を食べた成功者たちから脅し取ったお金は小松組がそっくりいただくわ。わたし、死んだ中谷から何もかも話を聞かされてたの。だから、一連の事件の黒幕が奥村だってことを嗅ぎ当ててるのはそれほど難しくなかったわ」

「女組長になりたくなったらしいな」

「ええ、そうよ。清水を代貸にして、なんとか小松組を守り抜こうと思ってるの」

「今度は、清水をうまく誑《たら》し込んだのか。悪女だな」

「逆らわなければ、命だけは救《たす》けてあげるわ。女殺し屋を連れて、さっさとクルーザーから降りてちょうだい」

有希がそう言い、清水の肩を軽く叩いた。

清水がノーリンコ54の銃口を下に向けた。百面鬼はベルトの下から拳銃を引き抜き、迷うことなく清水の頭を撃ち砕いた。

血の塊《かたまり》と脳漿《のうしょう》が有希の美しい顔面を汚した。

美寿々が有希に横蹴りを浴びせた。有希が倒れて、テーブルの脚に肩をぶつけた。

「女親分、ツイてないな」

百面鬼は撃鉄《ハンマー》をゆっくりと掻《か》き起こし、有希の眉間《みけん》を撃ち抜いた。

有希は声ひとつあげなかった。目をかっと見開いたまま、縡切《こと》れた。恨めしげな形相《ぎょうそう》だった。

「ユー、殺し屋になればいいわ。肚《はら》が据《す》わってるから、凄腕になれるわよ」

「おれは、もうプロさ。人殺し刑事《デカ》なんだよ」

「そうだったの。面白い男ね。ユーに少し興味を持ったわ」

美寿々がほほえみ、歩み寄ってきた。百面鬼は美寿々を抱き寄せ、唇を重ねた。美寿々が百面鬼の唇をついばんだ。

四つの死体を海に投げ込んだら、クルーザーごと大金を持ち去るつもりだ。

百面鬼は女殺し屋の唇を強く吸いつけた。舌と舌が絡み合う。何か新しいことがはじまりそうな予感に包まれた。

二〇一六年十二月　祥伝社文庫刊

光文社文庫

女《おんな》殺《ころ》し屋《や》　新《しん》・強請屋《ゆすりや》稼業《かぎょう》

著　者　南《みなみ》　英《ひで》男《お》

2022年3月20日　初版1刷発行

発行者　鈴　木　広　和
印　刷　堀　内　印　刷
製　本　榎　本　製　本

発行所　株式会社　光　文　社
〒112-8011　東京都文京区音羽1-16-6
電話（03）5395-8149　編　集　部
8116　書籍販売部
8125　業　務　部

落丁本・乱丁本は業務部にご連絡くだされば、お取替えいたします。
ISBN978-4-334-79320-3　Printed in Japan

組版　堀内印刷

光文社文庫最新刊

千手《せんじゅ》學園少年探偵團　また会う日まで	金子ユミ
神戸北野　僕とサボテンの女神様	藍川竜樹
町方燃ゆ　父子十手捕物日記	鈴木英治
御館《おたて》の幻影　北条孫九郎、いざ見参！	近衛龍春
みぞれ雨　名残の飯	伊多波　碧《みどり》
あたらしい朝　日本橋牡丹堂　菓子ばなし㈨	中島久枝
本所寿司人情　夢屋台なみだ通り㈣	倉阪鬼一郎